往巴黎的最後班機

渡邊淳一作品集6

渡邊淳一作品集 6

往巴黎的最後班機

作　　者：渡邊淳一
譯　　者：劉惠禎
責任編輯：吳惠貞　林秀梅

發 行 人：陳雨航
出　　版：麥田出版股份有限公司
發　　行：城邦文化事業股份有限公司
台北市信義路二段213號11樓
電話：(02)2396-5698　傳真:(02)2357-0954
郵撥帳號：18966004　城邦文化事業股份有限公司
香港發行所：城邦（香港）出版集團
香港北角英皇道310號雲華大廈4/F,504室
電話：25086231　傳真：25789337
新馬發行所：城邦（新、馬）出版集團
Penthouse,17,Jalan Balai Polis, 50000 Kuala Lumpur,Malaysia
電話：603-2060833　傳真：603-2060633
印　　刷：凌晨企業有限公司
登 記 證：行政院新聞局局版北市業字第405號
初版一刷：1999年7月1日

售　　價：250元

PARIS YUKI SAISHU-BIN
(anthology) by WATANABE Jun'ichi

ISBN 957-708-841-4

目次・往巴黎的最後班機

往巴黎的最後班機

背上的臉

一

內海在有巳子腰間發現傷痕，是在他和有巳子發生關係之後半年，時值六月初。

當時還是北大英國文學系副教授的內海那一年三十七歲，已經結婚生子。有巳子則是在札幌的薄野開了家小酒吧，同時也加入了當地的K劇團參與演出。

除了在文學部裡教書，內海也在地方報刊上寫些劇評，之所以會結識有巳子，就是因為他恰巧寫了有巳子所主演的K劇團的劇評，在文中對有巳子的演技表示讚賞。

不知道是不是從報社問來的電話號碼，劇評在晚報上刊出隔天，有巳子便打電話到學校來了。

「人在鄉下，又沒有人肯定，本來還覺得很喪志，可是看了您這次的文章，我真的勇氣倍增。」

這話多少有些自我辯護的意味，總之，有巳子這樣道過謝後，又接著說道：

「我開了一家小小的酒吧叫『蒙・普吉』，可以的話，請您找一天來坐坐！」

內海帶點靦腆答以：「就算是在鄉下，也不要灰心，還是請妳多加努力！我一定會找一天到妳店裡去坐坐的。」不過儘管已經受邀，倒不好意思立刻就去。

之後過了一個月，正在想受邀一事都快過了時效了，D報一個名叫友野的女記者到學校來拿稿子，又邀了內海。

「您去過林越有巳子的店嗎？」

「我正想要找一天去坐坐，妳常去嗎？」

「她是我女校時代的同學，有一陣子也和她一塊兒演過戲，所以很熟。」

「要不就現在去吧？」

於是內海和女記者一同離開學校。晚秋的六點鐘已經是夜了，只見薄野一片霓虹。這一天正巧下了今年第一場雪，黃昏之前大馬路上的雪已經溶了，但大樓旁的小巷裡仍舊是殘雪處處。

這條窄巷的盡頭處往左拐，就是有巳子的店了。附近麕集了五、六家酒吧和酒館。正如友野所說的，有巳子的店很小，L型的吧台坐八個人也就滿了，但也許正因為這樣，容易和人打成一片罷，店內客人很多，內海好不容易才在角落找到一個空位坐下。

「這位是北大文學部的……」

友野才待開口，有巳子便搶先一步察覺，說道：「是內海老師吧？」

「是呀！好記憶呀。」

「不！只是直覺。真是太歡迎老師了，我從一個月前就開始等了。」

有巳子難掩興奮，率直地打了招呼。知道四周的客人眼睛都往這頭瞟，內海覺得有點不好意思。

「喝點清酒還是威士忌？」

「呃……下雪了嘛，喝清酒好了！」

「好的。」

有巳子熟練地將酒倒進酒壺裡，溫了起來。這店小歸小，吧台中間被設計成可利用的空間，可以燒烤或炒東西。咖哩、柳葉魚、七顆星的沙丁魚等等，並排放在吧台尾端的籠子裡。

內海並不知道有巳子確實的年齡，但從她和友野一樣大這點看來，應該有三十四、五歲了。只是再看看此時站在吧台後面的她，小個子、短頭髮，怎麼看都只有三十左右而已。

這天晚上，在有巳子和友野的圍繞下，內海醉得很愉快。他記得客人當中有人是戲劇工作者，當自己大發議論說是中央現有的大型劇團已經沉滯許久時，雙方的看法是一致的。友野因為已經結婚了，所以八點就走了，內海則又留到十點過後才離開。

「老師，還要再來坐喔。」

有巳子將步履有些不穩的內海送到巷子口。

「下次我一個人來！」

「就等您了！」

在一片又將降雪似的寒氣中，有巳子兩隻手交叉搭在肩上，整個人縮得小小的好袪除寒意。

打這個時候開始，內海便經常上「蒙・普吉」去，從一個禮拜一次到兩天一次，有時甚至連著五天每天都去。和客人們也都熟了，而且因著自己負責劇評的大學老師的身分，戲劇圈的人都對他尊敬有加，這讓他更喜歡待在這兒。

而內海和有巳子發生肉體關係則是在那之後兩個月，年底二十九日。這天打烊時和有巳子一起離開「蒙・普吉」，到別家店又喝過一回之後，就在她的公寓過夜了。

沒有誰邀誰，內海是早就想要有巳子了，而有巳子似乎也並不討厭內海。兩人發生關係只是時間的問題，而這事果然就如預期一般發生了，如此而已。

有巳子的公寓位在薄野盡頭旅館街的一個角落。屋裡只有八個榻榻米大，附一個流理台，中間有個燒木屑塊的簡陋的小火爐。日用器具則只有一個櫃子和一個和式衣櫥，外加一台音響，除此之外，既沒有電視，也沒有裝飾品或是布偶等屬於女性的東西。從音響和擺了半櫃子的書看來，她的興趣顯然是古典音樂和看書。

一開始做愛時，有巳子顯得很拘謹。對中年的內海熟練的動作儘管不推拒，卻似乎放不開。不過那只是一時的羞澀，就在某一瞬間，彷彿解開了心鎖似地突地開始奔放了起來。

拋開這之前的矯飾和壓抑，有巳子細緻、敏感的身子一下子變得既大膽又好色。正因為一開始是那麼拘謹，內海對有巳子前後的判若兩人感到驚訝不已，但同時也樂在其中。幾度高潮之後，最後有巳子發出幾乎斷氣的叫聲，在內海肩上留下尖指甲的抓痕。

摟著平靜下來的女體，內海感到一陣寒意。

從床中央回頭一看，上床前燒得熾紅的爐子這會兒只剩靜靜的一片黑，屋子裡充斥著寒氣。

高潮過後，內海清醒過來，登時想起家裡的事來。和妻子折江之間並沒有什麼爭執，但十年前的愛早已消失無蹤了。倒不是非回家不可，但很明顯地，回家還是比較好。

內海於是輕搖有巳子露出被外的小小的圓肩。

「喂……」

直到這會兒他才知道自己根本不曉得該怎麼稱呼有巳子才好。叫她老闆娘似乎不妥，可馬上稱她「有巳子」又好像太厚臉皮。

「火好像已經熄了。」

「對不起！」

背過身，有巳子連忙套上襯裙的肩帶，再加件棉袍起身。

「你要回去了是嗎？」

「呃，都可以啦……」

有巳子在上床之前給爐子添得滿滿的木屑塊已經都燒完了，灰燼裡只剩紅紅的火種。

「我不要緊的。」

將餘燼挪成一堆，有巳子又在爐子裡加了三個圓木屑塊。

內海猶豫著，不知該怎麼好。說來或許現實，但再繼續和有巳子待下去也只是睡覺而已，真是這樣，倒不如回家去休息還來得輕鬆自在些。

「好像很冷咧！」

看著時鐘，時間是兩點半。

「可以的話就在這兒過夜吧。」

有巳子盯著爐子，羞澀地說道。木屑塊似乎已經點著了，爐子再次發出燃燒的聲響。看著爐子前正襟危坐的有巳子的側臉，內海的慾念再度升起。倒不是想再做一次或是摟她，而是沉浸在稍早前的淫思當中的一種樂趣。

「只要妳說好，我就在這兒過夜吧！」

「那就這樣吧！」

有巳子微笑道。從那微笑裡，內海想像著造就這麼一個好色的有巳子過去男人的模樣。

二

和有巳子發生關係之後，內海就漸漸不上「蒙・普吉」去了。男女之間一旦有了關係，不知不覺間便開始有了親暱感，這親暱感就像是有時突然碰碰身子啦，或是說話口氣毫不介意地變粗魯啦，總之就是不會發生在客人和店東之間的那一種感覺。

內海並不希望兩人的關係因著這些個動作而公開，再說，因為有了關係就擺出一副男友架勢坐在有巳子店裡，事實上也不太好看。

於是內海一反過去幾乎每天都到「蒙・普吉」報到的習慣，減為一個禮拜去一、兩次，但卻利用禮拜六、日或是學校的午休時間到有巳子的公寓去。

每次去，有巳子都高高興興地迎接自己，可是從不曾過問一句妻子的事。這對內海來說固然是好，但也不能因此就完全放了心。

自從開始上「蒙・普吉」以來，內海帶過好幾個大學裡的同事去。就算內海不去，他們也會自個兒去，所以只要有巳子有意要打聽內海家裡的事，大可向他們打聽，事實上，有個同事就曾經笑著說：

「『蒙・普吉』的老闆娘在打聽你太太是個什麼樣的人哩！她不會是對你有意思吧？」

「那你怎麼說呢？」

「我說你太太長得很漂亮，你們是自由戀愛結婚的。」

「別胡扯了。」

「從你真的生氣這一點看來，你好像也有意思嘛！」

被他這麼一反擊，內海只得噤口不語了。沉默著，他開始思索自己到底是看上有巳子哪一點。

有巳子骨架子小，這點是合內海的胃口，但額頭有點前凸，又是單眼皮，談不上長得好看。一穿上套頭毛衣、皮短裙，看起來很孩子氣，比實際年齡小很多，可是側身時那明顯的小而凸的胸前的鼓起處以及腰骨挺直的感覺卻正好和長相相反，令人感到淫猥又夠味道。她的腦筋好、感受力強，光是這兩點，和她說話便是一種享受了，但若說是否就是看上這些，則又不見得。

結果，真正吸引內海的，似乎就是她那乍看之下顯得知性、拘謹的外表在性事進行中竟然豹變的這變化之鉅罷。

隨著次數的增加，內海覺得和理智迴異地，肉體上自己確實已經沉溺於有巳子了，然而即使如此，他仍然沒有意思要改變現狀。

當自己需要時，對方就乖乖地給，而且不求回報，也不嚕嗦些什麼。像這樣既方便又溫馴的女人，內海無意主動求去，但也無意和現在的妻子分手。並不是因為還愛著妻子，只是基於中年男子多一事不如少一事的原則，離婚、結婚這種騷動實在麻煩，自己也不想再為這種事讓生活掀起不必要的波瀾。

再怎麼被吸引，男人基於與生俱來的自私天性，始終保持一定的距離，但女人的話，一、兩次沒話說，次數一多，似乎就沒法斷然讓它肉體就只是肉體而已。一如一般的女人，有巳子開始想照顧內海、干涉內海了。

「我買了這個。」

有巳子第一次具體表現出這種心情，是在二月中旬內海在她公寓過夜的隔天早上，當她拿出內衣褲給內海的時候。

「我會幫你洗，你就換下來吧！」

內衣褲是棉質的男用內褲和襯衫。內海本來有點不知所措，但有巳子又催了聲「快」，於是只得換了下來。

這是兩人之間的事，別人是看不到，但有巳子的獨占慾就算是在有旁人在場的店裡也不時露骨地表現出來。

比方說，從傍晚開始就在「蒙．普吉」喝，喝到一個段落時，站起身來說聲「我走了」的話，她一定會問：「你上哪兒去？」。要是答得含糊，她便會立刻從櫃台的另一個出口追出來，就在路上問你：「那今天晚上呢？」

還有，如果去得晚了，即使還有客人在座，她也會開始準備早點打烊，還若無其事地說：「我馬上就走，等我一下！」。這種事一多了，老客人似乎就開始察覺兩人的關係了。

而另一方面，內海的妻子儘管知道他外宿的次數多了起來，卻不曾大吵大鬧過。也許是因為出身教授家庭罷，她的自尊極強，從不曾低聲下氣要求自己：「今天早點回來！」不過，話雖如此，自己外宿的日子，她卻在日曆上用紅筆把日期塗掉。既然她不表示意見，內海也就樂得維持一個星期和有巳子做個兩、三次，和妻子則是半個月一次，而這還是義務性的。

隨著次數的增加，有巳子歡愉的表現愈來愈激烈，甚至開始淫蕩了起來。感覺上就像是本來就易感的肉體終於解禁，整個熾熱地燃燒了起來。

不過，她一開始所說的「我一直都是一個人呢！」這話似乎並不假，因為她身邊始終沒有男人出現，也沒有人到公寓去找她。

但可以確定的是，有巳子在認識內海時，就已經不是處女了，而且感覺上似乎曾經和做愛技巧十分高超的人交往過。

對此內海當然沒有什麼不滿，一個擁有自己的店，儘管小了些，而且又熱愛演戲的三十多歲女子過去當然不可能會沒有男人。這是理所當然的，若要怪這個，那麼自己已經有老婆的事實豈不更糟？

內海不想為了這種事再說些什麼，他在意的是有巳子這會兒到底有沒有和人在交往，現在已經知道是沒有，那就沒有問題了。既然確定了這點，也就不再互相干涉，這也算是兩人之間的一種禮貌。

然而，儘管不曾說出口，每當做完愛，一回想起適才的狂勁，有巳子過去男人的事還是閃過內海的腦際。

那男人確實是和現實中只存在兩人之間的魚水之歡毫無關聯。

「最近你實在是太棒了！」

有巳子開始會在做完愛後說出這樣的話，暗示這性愛歡愉是被內海所開發出來的。而內海也對能夠以性事讓自己在女人身上烙印、造就一個女人這一點感到滿意。

但就在這麼短短的一段日子裡，有巳子能如此易感、大膽，說起來應該也是因為她原本就接近易感狀態罷。而造就這狀態的，肯定是她過去的男人。有巳子十分的歡愉中成為最後決定性關鍵的這五分固然是拜內海之賜，但基礎的另外那五分卻是過去男人的貢獻。

這讓眼睜睜地看著有巳子肉體的成長，同時也期待一個完結的內海感到些許不滿。但有巳子並未察覺到內海心裡在想些什麼。

「我再也不離開你了，除了你，沒有人能滿足得了我。」

「妳和誰上了床了？」

「傻瓜！都到這地步了，怎麼還可能和別人呀，除了你，我不會想和別人上床。」

「怎麼誘惑妳都不會？」

「女人呢，就算腦子想出軌，身體也不聽使喚的。身體就像被綁住了一樣，離不開喜歡的人呢。」

「真的嗎？」

「哎呀，當然是真的呀！身體最不會說謊了。女人呢，有了喜歡的人，又被那人啟蒙了的話，可就沒那麼容易出軌了。」

「那妳的意思是說，妳被我啟蒙囉？」

「是呀！我還是第一次這麼舒服呢！」

「我要是死了怎麼辦？」

「那我也一塊兒死！」

「真的嗎？」

「我可不是跟你開玩笑喲！你如果不相信，現在立刻殺了我好了！」

「那就殺了吧！」

「其實我還真希望那個時候就那樣死去哩！」

有巳子瞇著本就細長的眼睛，直盯著遠方，那眼神裡沒有內海，也沒有過去的男人，只是一味地好色、一味地追逐著淫猥。

三

到了春天，兩人的關係在「蒙．普吉」的老客人之間已是個公開的祕密。這些人多是舞台、美術圈、大學教授、記者等等懂世故的男人，因此沒有人會刻意予以宣傳，但這地方實在太小，暗地裡還是有相當多的傳言。

內海是也約略察覺了一點，但仍舊保持沉默。

洋槐初開、初夏乍到的六月初，內海和女記者友野難得一次共飲。友野說今天她先生出差不在家，一開始就顯得很從容。

兩人照例在傍晚時商量了些工作上的事，這才上街，先上老地方一家雜燴店吃飯，然後到「蒙・普吉」去。在「蒙・普吉」喝了一會，又到大樓裡一家名叫「N」的酒吧去，就在那兒等有巳子打烊後過來。

從七點到十一點多，喝了將近五個小時，友野難得喝得酩酊，話也開始多了起來。

「老師！可別讓有巳子太傷心喲！因為把她介紹給你的人是我，要是有個萬一，可是我的責任吔！」

「萬一？」

「老師如果又喜歡上別的女人，她可是會去死的！」

「妳太誇張了吧？」

「真的！因為她曾經自殺過一次。」

「怎麼會？」

「呃！你不知道呀？」

說真的，內海這還是第一次聽到這事。

「她在東京的時候曾經企圖自殺喲！」

「為什麼？」

「她去學演戲嘛，就和那兒的劇團製作人有了關係，可是並不順利，這才回到這兒來。」

邊說著，友野邊覺著興味地不時窺探內海的表情。

「她吃了大量的安眠藥，整整睡了三天三夜呢！因為實在是吃太多了，所以吐了出來，這才撿回一條命的。不過那之後一直起不了床，還住了兩個月的醫院呢！」

「呃！」

「所以……你知道的嘛！」

「什麼？」

「那個呀！明明知道的，真討厭。」

友野輕睨了一眼，隨即不出聲地悶笑了起來。

「什麼嘛？說呀！」

「她的臀部上不是有傷痕嗎？」

內海知道有巳子臀部中央有個傷痕，但只是從正面做愛時用指尖摸到覺得應該是罷了，倒不曾在明亮的燈光下親眼目睹。

「那就是那時候長的褥瘡呀！剛開始有手掌般大，後來就小多了。」

「妳看到啦？」

「是呀！她自殺時，我馬上就和她媽媽一起趕到東京去照顧她半個月，她什麼事我都很清楚。」

在快速的醒酒過程中，內海想起指尖所感受到的那種傷痕粗粗的感覺。

「她為什麼鬧自殺呢？」

「對方有老婆、孩子，我想打一開始就不是認真的吧！可是有巳子很認真，就連昏迷時也還不斷喊那個人的名字咧！」

在內海還有點醉意的腦海裡緩緩地浮現出一個男人的形象。儘管容貌不確定，但只因為是有巳子過去的男人，內海就覺得這人唯獨指尖不可思議地既長又細，很是靈巧。

「她很容易激動的，老師你可得小心點！」

「沒問題啦！」

「可是就憑剛才我們兩個出來時她瞪眼的樣子，太可怕了！要是讓她看到我和老師這樣靠在一起，不殺了我才怪！」

突然想起來似地，友野將身子往後退。內海則兩手捧著酒杯盯著陳列著葡萄酒的正面的櫃子。

「喂！今天我所說的可要保密喲！」

「我知道啦！」

就在內海點頭時，有巳子邊喘氣邊衝了進來。

「抱歉！總算把客人趕回去了！」

有巳子無奈地笑了笑，跟著向吧台點了杯威士忌加冰塊。

四

這一夜，內海被一股殘忍的慾望驅使著，雖是在和友野、有巳子三個人一塊兒喝酒時才萌芽的，可是一旦和友野分手，剩下兩個人回到有巳子的公寓時，便迫不及待地爆發了。

才鎖上門，他便抱住有巳子，隨即拉下她背上的拉鍊。

「等一等嘛！別那麼粗魯，我脫就是了。」

有巳子在懷中掙扎，但內海可顧不了這許多，他脫下她的衣服，又拉下她襯裙的肩帶。他不讓有巳子自己來，非要親手剝下她的衣服才過癮。

輕呼一聲，瑟縮著身子，剎那間有巳子一絲不掛，雖然是晚上，但到了六月，北國也不需要生火了。沒有了火爐，屋子一下子寬敞了起來。內海以趴下的姿勢整個人將有巳子朝鋪在屋子中央的棉被上壓了下去。

「關燈。」

有巳子連忙蓋被子，蜷縮起身子。

「不行，我不許！」

內海邊讓有巳子躺倒，邊這麼叫道。這話與其說是說給有巳子聽的，還不如說是說給自己聽。

「不要！不要嘛！」

像條活蹦亂跳的魚又跳了起來似地，有巳子三番兩次試圖坐回地板上，但內海的手卻一點一點結結實實地往有巳子身上游移。跳起來的女體終於漸漸軟化不再僵直，最後竟柔順得像隻溫馴的貓，爭執於焉結束。

有巳子已然允許，正等著他。

於是內海引領她步向雲端，可是正在到達頂點之際，他卻突然抽離她，躺回她身邊。在高潮來臨的前一刻被吊了胃口，只見有巳子輕哼著，搖了搖頭。內海邊安撫焦急的女體，邊讓她側躺，讓背靜止不動。這個姿勢兩人已經試過無數次，有巳子也很喜歡。但不同於以往，內海這回用的是手，眼睛則直盯著有巳子細長的背。

圓圓的肩直連下細腰，其下展開卻是一片豐臀，從那細長的雙腿是絕難想像的。這中央的的確確有個圓而醒目的傷痕。傷痕四周略帶紅色，中央則隨著性事的進行而愈顯發黑。整個傷痕邊對即將到來的愉悅充滿期待，邊輕輕晃動著。看著看著，直覺得那就像女人的臉一樣，又哭又笑的。

內海感覺到自己在那兒瞥見了有巳子的另一張臉，這張臉眼角抬著，嘴唇扭曲，既哭又笑的。這是總將內海置之度外的有巳子的一張臉，內海再怎麼賣命使勁也無從得知的一張臉。

「喂……喂！」

有巳子出聲要求，那聲音彷彿遠方的浪似地低迴不絕。

「我說喂！」

彷彿被這更尖的嗓音勾起了似地，內海殘忍的念頭就此生起，就在這一瞬間，有巳子輕哼了一聲，跟著轉過頭來。

「我愛你！愛你！」

邊說著，有巳子邊自顧自心蕩神馳了起來。

再次引領有巳子時，內海感到一股無從捉摸的奇特的焦躁感。在自以為征服了但卻未曾征服的懊惱中，他感覺自己終於還是被有巳子吞噬、溶化，然後杳無蹤影。

海霧之女

「札幌兩家，還有釧路也想請您去一下！」

當K書房的浦本這麼說時，津山連忙又問了一次。

「釧路？」

「是啊！那兒有家大書店叫山本書店，剛剛改建過，他們說無論如何要請您參加慶祝改建酒會。」

「釧路呀？」

又唸了一次，津山這才將一直拿在手上的書擱在桌上。

這本書是津山花了一年的時間寫成的長篇小說，這天終於成書，編輯浦本就只先拿了三本過來。

「好遠喲。」

「可是有飛機搭啊！從札幌過去聽說只要四十分鐘而已。」

津山預定在半個月後的九月中旬到札幌去作文藝演講。

編輯要他順道到札幌和釧路的書店去辦這本剛出爐的書的簽名會。

這次出的這本書主要背景是北海道，因此計畫在札幌的大書店辦簽名會自是理所當然。只要在演講的一個鐘頭前到書店去也就得了。兩家也不過是兩個鐘頭，反正都已經出門在外了，花這麼點時間倒不算什麼。

但若是釧路，則又另當別論了。

「大概得在釧路過夜囉？」

「如果要去的話，大概是在下班後五、六點，飛機一天是來回兩次沒錯，但最後一班是兩點，之後就只有火車了。」

「從那兒搭，就算是特快也得花七個鐘頭哩。」

「還有，對方說是不是能在簽名會之前演講？」

「這麼說，本來就不可能當天往返了嘛。」

「就是這樣。不過反正是要去札幌一趟，就多留一天嘛！您有什麼工作要趕嗎？」

「這倒不是，只是覺得很麻煩而已。」

「但是聽說秋天的釧路挺不錯的喲！」

「釧路我是去過一次，秋天倒是第一次。」

「那不是更好？就去嘛！還是那邊有什麼事情不妙呀？」

「呃，沒有啦！」

「那就去吧，偶爾離開東京的烏煙瘴氣，去享受邊陲地帶的旅行樂趣也不壞嘛！」

津山是也有點想去。專程一趟到札幌了，就近再多走個地方也沒有什麼不好。工作雖然積了不少，但一、兩天的時間也不是抽不出來。既然對方相邀，自己也想去，不如就爽快答應罷。

正這麼想著，津山心中突然有個聲音喊停。

「釧路現在還在下霧吧？」

「那邊的霧是什麼時候下的呀？」

「夏天下得最多了。」

津山還在北大唸書的時候，在去阿寒的途中曾經順道到過釧路。那一次之後至今已經睽違近二十年了。當時是在阿寒湖露營之後，到釧路車站附近的日本旅館過了一夜的。因為嚮往邊陲之城、霧城這些個詞兒才去那麼一趟，但卻只留下大熱天住旅館被塞進一個窄房間裡、街景又雜亂不堪、顯得一片灰撲撲的印象而已。

當時是昭和二十八、九年，整個日本都還是一片凌亂，或許釧路正值從鄉下轉型成都市的時刻罷。

直到幾年後，《輓歌》一書出版，釧路才廣為人知。因此，那次旅行之後的釧路，津山完全不熟悉。不過，對釧路這個地方，他倒有另一段與此無關的鮮明的回憶。

井浦久仁子。

在此之前，他刻意不願想起這個名字來，自己之所以對釧路之行沉吟再三，完全是因為太遠太麻煩了，而不是因為她。

津山這麼告訴自己，也盡量這麼說服自己。

然而事實上，刻意這樣想正是尚未將她忘懷的證據。老實說，當浦本開口要自己到釧路去時，自己腦中浮現的便是這個名字。

「那麼，就照剛才說的行程囉？」

「等一等啦！」

「偶爾也到北海道去吃個螃蟹嘛！」

「霸王硬上弓喲！」

津山雖是勉強答應，但心中卻不再有一開始的猶豫，初次生出想去的念頭。

二

津山認識井浦久仁子是在十六年前，當津山還是北大學生的時候。

那時津山念的是文學院的國文系，上課只上最必要上的，其餘的時間全用來打工和玩樂。

初次邂逅井浦久仁子，當時他念四年級，時值十二月初。

那回，津山和同學野村一起上位在薄野一家名叫「克麗奧帕特拉」的舞廳去。

當時電視才剛問世不久，既沒有保齡球館也沒有電動玩具店。在入冬的札幌，男人和女人能一道去的地方就只有咖啡店、電影院和舞廳而已。

那時札幌有五、六家舞廳，其中這家「克麗奧帕特拉」位在市中心，以舞廳來說，算是風紀較好的。只要花兩百塊就可以和異性跳一整天，沒有比這更便宜的樂子了。

津山他們上舞廳都是一票子男生，幾乎不曾帶過女伴。既然是預備要探險一個晚上了，也就沒有必要帶固定的伴了。帶著女伴去的話，萬一發現有什麼美女時反而綁手綁腳的。

通常管不攜伴一事叫「自由行」，津山等人則稱之為「當場獵豔」。

這一夜津山和野村去的目的都在當場獵豔。

「十點『紫煙莊』見喲！」

「知道了，可別找個醜八怪喲！」

「你才是咧！」

進舞廳之前，兩人之間有過以上的對話。

他們在吃過晚飯之後的七、八點才進去。若是禮拜六、禮拜天會早一點，但平時這個時間正好趕上上班族和裁縫學校的學生進來。而晚上九點到十點左右則是舞廳最熱鬧的時候。

打烊是十一點半，但十點一過，漂亮的女生就突然少了。剩下的不是濃妝豔抹、乍看就像飛女的女人，就是有伴的女孩子。

正經的女孩或者有門禁，或者擔心走夜路，都開始早早回家了。

津山等人的遊戲有個默契，亦即在進去時雖是一起的，但進去之後則互不交談。這是基於「彼此是對方的獵豔對手」的一種心理。津山和野村因為是自由行，必須先找到目標才行。然而兩人的目的不單單是這樣。

他們必須先找到目標，和對方跳跳舞拉近距離，然後在十點以前帶一個女孩到一家名叫「紫煙莊」的咖啡店去。這一夜，只要對方拒絕上咖啡店，長得再美都沒有任何意義。總之十點以前必須帶個女伴去，而且兩相比較之後，女伴較美的那一方就算贏了。而輸的人除了得付咖啡店的帳之外，還得罰錢。

兩個人的話罰一千塊錢。當時的一千塊約莫相當於現在的五千塊罷。總之「當場獵豔」是種花錢的嚴肅遊戲。

這晚津山績效不彰。

進舞廳不多久，他就相中了一個二十二、三歲圓臉但身材不錯的女孩，連續跳了兩首曲子。那之後又跳了兩次，這才打聽出對方在M百貨公司上班。要是連名字和上班地點都打聽出來的話，獵豔就等於是成功了一半。

邊跳著，他還在心裡想著今晚就是這個女孩了。

但決定了之後，這女孩卻在中場休息時沒了蹤影。起初還不怎麼在意，以為她上洗手間去了，可在那之後的第三首曲子播放時，卻發現她和一個年近三十、看似上班族的男人正在靠近樂隊的角落跳舞。津山不由得發火，決定要在下一首曲子開始時，立刻插進兩人中間。

可等到曲子一開始，當津山立刻飛奔到她面前時，卻又被她眼前的男人捷足先登了。她明知津山已經跑過來，卻一笑也不笑地讓那男人擁住了。

「原來是利用我來等時間的。」

看著女人的背影，津山咋了咋舌。

她之所以會和自己跳舞，只是為了殺時間等男人，這兩人早就約好在這兒見面了。

「若是這樣，早說就好了嘛。」

儘管懊惱，卻也無可奈何。時間已經接近九點了，距約定的十點剩不到一個鐘頭。

以目光搜尋野村，發現他正在舞廳右手邊一個陰暗的角落跳著。和他跳的那個女孩因為被人遮住了，看不見她的臉，但從兩人相偕到暗處跳的情況看來，似乎進行得滿順利的。

津山再次環顧整個大廳。

事到如今，方才曾一塊兒跳過舞的其他的女孩其實也可以派上用場。當中是沒有稱得上漂亮的，但有些長得還算普通。

到市區的舞廳來自由行的女孩大多長得不怎麼樣，即使有好看的，也都已經有男伴了。要從自由行裡頭挑的話，長得普通的也就差強人意了。

是也有好幾個記得曾經一塊兒跳過的，可是到了九點左右，她們就都各自有了相熟的對象，很難開口邀約。

到了這個時間，還作壁上觀沒事做的女孩裡頭肯定是沒有漂亮的了。

津山開始急了，這時候已經顧不得長相或身材了，反正得帶個人出去就是了。

側眼看著野村獵了豔，又進展順利，自己卻想不出法子來贏咖啡錢和罰款。

於是他再度以目光逡巡四周。

女孩們三兩成群地往大門口走去，也許是回家的時間到了罷。津山不由自主地跟在她們後頭，事到如今，找這種已經準備要回家的女孩也無濟於事了，但難道這當中就沒有一個比較出色的嗎？

就在津山走到離大門口還有二十公尺的時候，兩個女孩迎面走了進來。一個穿著小碎花套裝，胸前打了個蝴蝶結，另一個則穿著白色洋裝。

穿套裝的女孩也許是以前來過罷，只見她直接往裡頭走，而穿洋裝的女孩則好奇地環顧整個大廳。

讓過之後，津山又以目光追逐兩人。

從大門口進來便好奇地環顧四周，可見是才剛到而已。穿套裝的女孩長得五官端正，但骨架子有點粗。至於穿洋裝的女孩則儘管不是美人，但卻比另一個年輕個兩、三歲，大約二十左右罷，身子瘦，骨架子小。

從偏好上來說，津山比較喜歡這個小骨架的。

只見兩人走到大廳半途便站住腳，隨即退到後頭牆邊。這時，周遭的男人們回頭看了她們倆一眼。

隨著女孩們陸陸續續離開，男人顯得愈來愈多了。照這樣下去，才剛進來的這兩個女孩馬上就會被搶走了。

顧不得曲子才奏了一半，津山硬是站到她們面前。

「請！」

剎那間，女孩驚詫地瞪大眼睛，跟著回頭看著同來的女孩，意思是說：「這是找我嗎？」

「就是妳啦！去吧！」

穿套裝的女孩從背後推她。

「可是……」

「曲子還沒完喲！」

津山伸出手來，穿洋裝的女孩沉吟了一會，這才點頭應允。

曲子跳的是狐步舞，只要用一般的快步即可。

擁住女孩，津山發現她的身高到自己的嘴邊。津山有一百七十二公分，這麼說女孩或許有一百五十五、六罷，身子也沒有表面上看來那麼瘦，大約是中等身材。

當初之所以會覺得她個兒小，可能是因為她的同伴骨架子大罷。

剛開始的幾步女孩有點絆到腳了。

「對不起！」

「沒關係！」

津山重整舞步，開始將女孩帶往舞池中央。

她的舞跳得不是頂好，但只要好好帶，倒還是跟得上。身子稍嫌硬了些，也許是因為才剛開始，緊張的緣故罷。

「第一次來這兒嗎？」

「對！」

她低聲答道。津山再次打量懷裡的她。

頭髮左分，在肩上稍稍內捲，以臉的大小來看，眼睛略大，鼻頭則有些上仰。額頭且輕微前凸，那白皙的感覺讓人聯想到她雪白的皮膚。

雖然比不上之前那個女孩，但也還算過得去。

「妳們才剛進來是吧？」

「你怎麼知道？」

「我看到了。」

無論如何總是得多說些話，先拉近距離再說。

「妳在上班嗎？」

「沒有。」

「那麼，在上課？」

她沒有回答。

津山於是決定停止發問，認真跳舞。

過去的經驗告訴自己，雖說是要拉近距離，但太猴急的話反而會失敗。這似乎是她第一次上市區的舞廳，儘管有同伴一道來，但肯定還是沒有放鬆警戒。

表現得輕鬆、開朗，但又不失認真。這是野村所傳授的獵豔祕訣。

這陣子津山大多如法炮製，幾乎是十拿九穩。

當兩人正來到舞池中央時，樂隊停了下來。

一鬆開手，只見她輕輕點了個頭，便快步走回朋友那頭去了。

目送她到了，津山這才點起菸來。

下一首是吉魯巴，節奏很快，得跳快步才行，並不容易。

一個男人走到剛剛和津山跳過舞的那兩個女孩面前，談過一、兩句話之後，穿著套裝的女孩便走向舞池去了。她看來似乎很習慣跳舞似地，跳得相當不錯。另一個男人則朝著還留在那兒的她走去。對他的要求，她作了回答。大概是找到好藉口罷，只見她搖了搖頭，男人又說了些話，但最後還是死心走開了。

津山猜想她大概是不會跳吉魯巴，看來似乎沒錯。

反正是不會跳，所以其他的男人也被拒絕了。像這種時候，最好是離得遠一點裝作沒看到比較好，再說，跳吉魯巴也沒法聊什麼。

若是個有著豐富跳舞經驗，個性又活潑的女孩，倒是可以用吉魯巴徹底讓她轉個痛快，讓她的情緒高昂起來，但這個女孩就行不通了。接下去這首慢板或許是個機會。

像個流氓似地，津山用大姆指和食指夾著菸，再次朝著她走去。

吉魯巴之後，曲子果然一如預期換了慢板。她在角落裡和一個才剛跳過前一首曲子回來的女孩說話。

等到新的曲子一開始，津山立刻開了口。

「請！」

她抬起頭來，彷彿又吃了一驚似的。但這回不待朋友催促，一言不發地跟了過來。

「妳什麼時候開始學跳舞的呀？」

「才剛開始學，不到半年。」

「在哪兒學的？」

「在學校……」

「哪所學校？」

她不答腔，只輕輕地搔頭，戒心似乎還未解除。

「妳的身子很柔軟，一定可以學得好。」

「是嗎？」

「柔軟跳起來容易。」

「人家老是說我身子硬梆梆的不容易跳。」

「那是男生不會帶。」

津山信口說道。信口說話也罷，總之這會兒非得說些女孩兒喜歡聽的話，讓她高興不可。

「我叫津山，現在念北大四年級。」

人家沒問，自個兒就主動報上姓名了。津山穿著一件白毛衣，外加一件藍色西裝外套，從衣著上倒看不出是學生還是上班族。

「不是什麼歹徒就是了。」

女孩咯咯笑了起來，看來似乎因著對方報上姓名而安心了不少。

「可以的話，也想請教尊姓大名。」

「我姓井浦。」

「然後呢？」

女孩頓了一下，這才答道：

「久仁子。許久的久，仁義的仁。」

「井浦久仁子小姐是嗎？」

「是個怪名字。」

「沒的事，是個好名字喲！」

這一來，津山確定對方對自己即使還不到有好感的地步，也不至於有惡感，再加把勁或許就可以帶出去了。

和著哈林夜曲，津山悄悄地將她有些僵硬的身子拉到胸前。

「妳朋友和妳同校嗎？」

「同校，不過她已經畢業了。」

「裁縫學校是嗎？」

「你怎麼知道的？」

「當然知道囉，妳們都穿得很有品味呀！是裁縫師學院吧？」

久仁子又輕笑了起來，她看上去是像個大學生，但穿套裝的女孩則不像學生。或許也因為比久仁子顯得老成罷，她骨架子大，讓人覺得很世故，一眼便知已經進了社會。

「這麼說，妳朋友已經在上班了？」

「她是設計師。」

「那妳呢？」

「我明年畢業。」

不知是不是已經習慣了，她的回答出奇地爽快。

「畢了業之後，妳也要當設計師嗎？」

「我不知道。」

高音薩克斯風發出幾近悲鳴的聲音，尾音拖得很長。

身邊一對對幾乎都是緊貼著的。津山耐住性子，又接著問道：

「妳住哪兒呀？」

「西線的十六條。」

「我住圓山，倒還不算遠嘛。妳和父母親一塊兒住嗎？」

「不是。」

「那是租的囉？」

「我住姊姊家。」

「這麼說，妳家不在札幌囉？」

「我家在釧路。」

津山再次打量她的臉，北邊的女孩皮膚白，但她臉與其說白，不如說蒼白。她看起來比札幌的女孩要老成些，或許是因為打鄉下來的緣故罷。

「學校一畢業就要回釧路去了？」

「不知道。」

樂聲停了，津山和她並肩走回舞池邊。

這之後，津山又和井浦久仁子接連跳了三次。

奏吉魯巴時，久仁子藉口不會跳溜到一邊去，又被他找來從初步開始教，她倒是乖乖受教。

跳著跳著，津山又打聽出久仁子今年二十一歲，高中畢業之後就到札幌來，現在就讀H裁縫師學院三年級。除此以外，還知道她向姊姊、姊夫一家借了個房間住，姊夫在銀行上班。

樂隊又開始奏起了慢板，時間已過了九點半。

「來跳吧！」

津山一邀，久仁子便理所當然似地跟了過來，她的朋友、四周的男人們似乎都把他們倆看成一對了。

慢慢地，津山領著久仁子朝樂隊所在的舞台旁的暗處走去。那兒早已聚集了彼此中意的男男女女，正在跳貼面舞。讓久仁子在那兒充分看過周遭男女的姿態之後，津山原先環抱著她的手這才緩緩地滑下腰際。

兩人的身子於是更加貼近，久仁子的額頭正好輕輕抵在津山的右肩上。確認了這點，津山越過髮梢在久仁子耳邊輕聲說道：

「等會兒去喝茶好不好？」

「……」

就在這當兒，久仁子撇開臉，抬頭看著津山。

「我和朋友約好十點在咖啡店見，我想介紹你們認識一下。」

「他也會帶女孩子過去，所以妳如果能答應我最好了。」

「可是……」

「二、三十分鐘就好了，我會送妳回家的。」

「我還有朋友……」

「若是這樣，她一道去也沒關係。只是妳朋友也是一個人，一對一比較好吧？」

想了一會，久仁子終於答應要問問朋友。

津山點點頭，將久仁子挽著自己的手拉到腰際，開始貼起臉來。

三

十點鐘，當津山帶著久仁子到「紫煙莊」時，野村早已帶了個女孩坐在裡頭的包廂了。

「這邊啦！」

野村揮手示意，面對面的兩對男女各自和自己的伴並肩坐著。這一剎那正是遊戲迸出火花的時候。

「我的同學野村。這位是井浦久仁子。」

彼此向對方介紹自己帶來的女孩，四個人面面相覷，都低下頭來。

野村帶來的女孩大骨架，打扮得很光鮮，倒不是長得多美，但卻引人注目。她塗了眼影，妝化得很濃，看上去約有二十六、七。

比較之下，久仁子就顯得孩子氣多了。若要一一論五官，或許是野村那個女孩好看，但整體來說，久仁子比較質樸，予人好感。

不過野村似乎比較喜歡年紀大的，也許這女孩很合他的意罷。

四個人邊喝茶邊聊了三十分鐘左右，便離開了「紫煙莊」，但幾乎都是野村和津山兩個男生在聊而已。

「接下去呢？」

「我送她回去。」

「呃，那就在這兒分手吧！」

判定輸贏是改天兩人見面時的事了。四人於是兩兩成對地就在那兒分手。

「要不要再到哪兒喝點酒？」

「不，我想回家了。」

看看錶，久仁子怯怯地搖搖頭。她說這還是她頭一遭十點過後還在街上逗留。傍晚才停了的雪又開始下了，久仁子豎起藍色外套的領子，快步向電車道走去。

「我送妳到家。」

津山在後頭追著，兩人一塊搭上電車。或許是因為看到這麼多人和自己搭同一班車，往同一個方向備覺安心罷，久仁子的表情開始和緩了下來，就像在舞廳時一樣。

「該怎麼和妳聯絡呢？」

「你再打電話給我吧！」

「號碼呢？」

久仁子環顧四周，確定沒有人在聽，這才說出姊姊家的電話號碼。

電車沿著山邊往南奔馳。兩人在十六條站下了車。

市區那兒多時的積雪已然溶化，柏油路面都已露了出來，但這一帶的雪則始終未溶，仍覆蓋在地上，而其上又開始堆積新雪。

「很冷吧？」

津山抓住久仁子的手，不經意地便往自己外套的口袋放。

「在哪兒？」

在月台下車時，還有十五、六個人一道，一左轉進巷子，就只剩下津山和久仁子。

「前面第二條電線桿的左邊。」

沒有行人的巷子裡，只有一排路燈。燈光下，筆直落下的雪花看似在亂舞。

「就是這兒。」

只見眼前一片小石牆，看得見裡頭有座兩層樓的木造建築，門柱上有塊「大橋」的名牌。

「這是妳姊夫的姓吧？」

「嗯……」

正當久仁子準備從津山的外套抽出手時，他卻迅速用另一隻空著的手將她的上半身拉過來。

「做什麼呀？」

久仁子低聲叫道。但津山卻不予理會，只管在胳膊上使勁。

「不要！」

久仁子拚命搖頭，使盡全身的力氣，用手推開津山的上身，又拚命摑他湊上來的臉。

邊啪啪啪地摑打邊糾纏時，津山的唇好不容易才碰到久仁子的。但也只是一瞬間而已，久仁子硬是緊閉的唇就別開了，只留下喘息聲。

「安靜點，又不是什麼大不了的。」

津山罵道。但久仁子仍舊瘋狂地搖頭。對她的抵抗津山感到有點不可思議，這才將胳膊放鬆而已，久仁子便從他的懷中掙脫，一頭亂髮地躲進石牆內去了。

翌日午休時，津山在大學餐廳裡和野村見了面。

「昨天我贏了吧？」

邊端著自助式的湯麵，野村邊說道。

「開什麼玩笑？是我贏了。」

「什麼？那是不是又得讓相川看看了？」

每當兩人相持不下時，總會讓另一個好友相川看看各自的女孩，由他來仲裁。

「你一定輸的嘛！」

「沒這回事，你那個長得是還可以，可是感覺有點髒髒的。」

「什麼話嘛！你那個還太嫩了。那還不是女人啦！」

還燙口似地，野村吸著麵條，隨即又回想起昨晚。

「那你們昨晚做了什麼了嗎？」

「親一下嘴而已。」

「這對她來說可是大事喲！」

「我只不過是帶她去赴約罷了。」

「可是你好像還不討厭她嘛！」

「我可沒打算再交往下去。」

「還是到接吻為止就打住比較妥當啦，那種型的乍看好像很乖，認真起來可是很嚇人的。」

一提到女人，野村的口氣便像個前輩似的，只見他刻意誇大地蹙眉作態。

那之後，在這一年內，津山共見了久仁子兩次。一次是在那之後一個星期，讓相川仲裁的時候，另一次則是聖誕節晚上。

由於前次那件事，津山還以為久仁子不會出現了，沒想到她倒非常準時。

相川仲裁的結果，久仁子以些微之差取勝。

「不能只以年紀或是年輕與否來判斷啦！得看看是不是有女人味才行，你們對女人根本只是門外漢，什麼都不懂嘛！」

野村罵歸罵，仲裁的結果還是照舊。津山從野村那兒拿到了贏得的一千塊還有先墊的咖啡錢兩百八十塊。

若在以前，津山會拿這些錢去喝酒或是打麻將，但不知道為什麼，當時卻覺得既然是因久仁子而贏來的錢，就用來請久仁子罷。

從來不上課，有錢就玩，沒錢就打工，這兩年過的正是這樣的生活。對這樣自甘墮落的自己，津山開始感到有些不安。

但話說回來，真要做什麼，也不知道該做什麼好，剛上大學時還因為新鮮參加了學生運動，可不多久就膩了，之後便迷上了獵豔和打麻將。放棄學生運動也好，開始玩女人也罷，當時都找了很正當的理由，像是碰上挫折啦、無力感等等，但其實還是因為不能全心投注的緣故。

由於當時自己要的只是追求刺激，所以很害怕畢業之後被逐出校園該怎麼辦。儘管真實情況如何還不得而知，但對於即將進入的大人社會確實抱著一股莫名的不安。原先只為了逃避這股不安才玩女人的，然而直到最後這一年下了雪之後，也開始興趣缺缺了。久仁子就是在這種時候偶然釣上的。

聖誕夜，津山把久仁子找了出來，在餐廳裡見了面，久仁子送津山一支鋼筆。和她在餐廳吃飯，收下她的禮物，儘管自己向來不屑過這種幼稚的、落入俗套的聖誕節，但這會兒倒也若無其事地過了。

燭光下，久仁子稚氣的臉搖晃著。看著她，津山心想自己到底喜不喜歡這個女孩。和久仁子只是接過吻而已，還沒有發生過關係。至於接吻，第一次還遭到激烈的抵抗，第二次她仍舊緊閉著嘴，好不容易才勉強碰到她的唇而已。以過去在舞廳獵豔，立刻便有了一夜情的速度來說，這次的確是很沒有效率。這事要是讓野村知道了，一定會嘲笑自己退步了。

但津山這會兒並不想那麼多，只單純因為是聖誕節，就把女人約出來，邊聽著聖誕鈴聲邊吃飯，倒也挺愉快的。

已經許久不曾像這樣，邊吃飯邊欣賞外頭的雪景了。

「喂！野村真是個怪人吔！」

突然想起來似地，久仁子說道。

「他邀我下次兩個人偷偷去跳舞。」

「妳去呀！」

「我才不要呢！不知怎的，他總讓我覺得害怕。」

只要未曾宣稱過「這是我的女人」，野村即便邀了久仁子，自己都是沒有立場說話的。只要沒有明白宣示過，誰都可以邀她。這也是津山這些人的遊戲規則。

「你工作決定了嗎？」

「還沒。」

「都已經十二月了，你打算怎麼辦？」

「可能的話，我想留在學校，不行就去小樽我爸爸的鐵工廠上班吧！」

「可是你不是唸文的嗎？」

「唸文的也可以在工廠上班呀！」

「你可真悠哉哩！」

「那妳呢？」

「我叫我哥幫我找可以在明年春天開始的工作。」

津山並不愛久仁子。雖說她皮膚白、人也乖，但像這般程度的姿色並不稀罕，再說也還有其他更有趣、更不矜持的女孩子。

儘管如此，津山還是在聖誕節約了她，這大概只是因為就在他對素來的遊戲玩膩了時，久仁子碰巧出現，如此而已。

在新雪中，新的一年到來，兩人仍舊繼續交往。

津山大約一個禮拜見久仁子一次，有時還把她帶到租處去，但久仁子仍舊只同意接吻而已。凡是接吻，她都乖乖地接受，舌頭也會動了，但下一步卻絕不允許。津山的手只要一接近下半身，她便僵直了身子，開始想逃。

除了久仁子，津山倒也不是沒有女人，他在打工處、舞廳也還認識了兩、三個女孩子，和她們在一起很輕鬆，也很愉快。但即使如此，還是不時會和久仁子見面，這也許是為了她一到租處來就會替自己打掃的這點方便以及她不同意和自己上床的這點純潔罷。

到了三月，津山好不容易畢了業，之後也就直接上了研究所。這下子當然是不會有月薪了，於是他到市內的高中兼課賺些零花。

「我家裡要我無論如何得回去哩！」

也畢了業的久仁子沒有找到適合的工作，正不知如何是好。

「那就回去呀！」

「可是我不想回去。」

「但也不能這麼玩下去呀！」

「這樣下去，他們會要我去嫁人的。」

久仁子似乎是想藉此刺探津山有沒有結婚的意思。

但津山並沒有和久仁子結婚的意思，別說是結婚了，一旦家裡不再寄錢來，自己都還不知道該怎麼過活呢。這樣的情況下，當然不可能談什麼結婚了。再說，津山也沒有愛久仁子愛到非得結婚不可，久仁子是個乖女孩，但僅止於此。

對津山不明確的態度，久仁子似乎很感到猶豫，終於，等到札幌街上洋槐盛開，紫丁香的季節到來時，她便按捺不住回釧路老家去了。

四

在那之後過了四個月，十月初時，久仁子突然造訪津山。

這之前津山一個月會接到久仁子兩、三封信，所以他很清楚她在釧路的情形，她說她邊學插花、茶道，邊混日子過。據說她做中藥批發的父母親只要一看到她就會催她快快相親結婚。

大約她每寫三封信，津山便回一封，但也僅止於寫些札幌或是跑去鄉下當老師的野村他們的事，除此以外從未寫過隻字片語關於喜歡啦、愛什麼的。

就在這個情況下，久仁子突然到訪。

「意外嗎？」

「妳應該先打個電話來的，我到小樽去，昨天才回來呢！」

津山連忙從角落拿出座墊來。

「我想你就算不在也沒關係，所以就來了。」

將皮包擺在身旁，久仁子兩手置於膝上，正襟危坐。

「我今天是有事要來拜託你的。」

「什麼事？這麼認真。」

許久不見的久仁子穿著一件樹皮色的洋裝，胸前別了個別針，頭髮往後梳露出耳朵，看起來比在札幌時成熟些。

「我接下來要說的話，可是請你真心答應喲！」

「可是總是有能答應、不能答應的事呀！」

「只要你願意，一定可以的。」

「什麼事嘛？妳就先說吧！」

「那我就說了。」

久仁子重整坐姿，閉起眼睛說道：

「請你占有我！」

「占有？」

「嗯，請你奪走我的童貞！」

剎那間，津山還在想久仁子是不是瘋了。但她卻一臉認真，有如一個等待斬首的人犯，只見她兩手置於膝上，低垂著頭。

「突然說這些，到底怎麼了？」

「我下個禮拜要結婚了。我想，終歸是要失去的東西，希望能趕在那之前給自己喜歡的人……」

「可是……」

「沒關係，我反正不喜歡那個人。」

久仁子直視著津山。

對於突如其來的莫名其妙，津山感到一陣被困住的恐怖。

「就在這兒吧，請你占有我！」

向來稚嫩的久仁子不知哪來的這股激情，津山不禁為之震懾。

「我說的都是真話。」

久仁子的頭髮垂到胸前，從領口可以看見她纖細的脖子。

弄不清這究竟是怎麼一回事，津山把手放在頭上，搔了兩、三次頭髮，跟著站起身來，然後又坐下。就這樣重複了幾次，這才慢慢地往久仁子身邊移動。

「真的……好嗎？」

「嗯……」

津山於是慢吞吞地從櫥子裡拿出棉被來。

果然如同久仁子所說的，她還是個處女。

當津山進入時，她先是輕哼了一聲，身子往後仰，但隨即蹙緊眉，強咬著唇忍耐下去。

就這樣，她閉上眼睛，兩手緊緊環抱住津山的肩，彷彿不想錯過任何感覺似的。

津山儘管曾和好些個女孩發生過關係，但這會兒著慌的卻是他。「痛嗎？」他問，見她搖頭，他才又接下去。邊小心翼翼，津山邊覺得焦躁。

這會兒的津山根本沒有心情去欣賞北國長大的久仁子那一身白皙的肌膚。

當津山終於按捺不住、在攬住對方肩膀的手上使勁然後達到高潮之際，久仁子纖細的手也使力略作回應。

八張榻榻米大的屋子只點了一盞光線微弱的燈。

結束之後，津山側身躺下，將久仁子抱在懷中，這才明白久仁子有多麼地愛他。表面上看起來柔柔順順的，骨子裡卻有著一分絕不服輸的堅強。

他開始想，可能的話，就這樣把久仁子留下來，再找個適當的時間結婚算了。雖說是上舞廳去玩認識的，但以後也許再也碰不到像她這樣又乖又純的女孩了。

「我永遠不會忘了你！」

貼在津山胸口，久仁子明白說道。

「我也不會忘的。」

津山認真地說道。

然而天亮之後，津山發現自己還是無意和久仁子定下來。他覺得自己年紀還輕，收入也不穩定，再說久仁子也已經決定要嫁給那個男人了，他不想在這個時候才去影響她。而且，如果為了這種事去結婚，野村他們一定會笑自己其實並不是那麼喜歡女人。就是這種耍帥的心情，讓津山冷靜了下來。

五

津山抵達時，釧路正是秋高氣爽。光是目睹了那片天空，他就覺得這一趟來得很值得。

搭上書店派來接機的車子，津山和浦本兩人從臨近阿寒的機場朝著釧路市內的O飯店開去。

「演講從兩點開始，那之後五點半是簽名會。」

略胖的書店老闆重述已經決定好了的行程。

「釧路是第一次來嗎？」

「很久以前，學生時代來過一次，那之後就一直沒來過，老想著要再來一次。」

不知怎的，津山順口說了這許多。

「那麼，晚上我就帶您到釧路有美女的地方去吧！」

沿著右邊的海岸線，車子在一片平坦的原野上唯一的一條路上奔馳著，海是太平洋，原野則是根釧原野。

這原野是一片無垠的濕原，冬天時土壤結冰，能生長的便只有雜草和灌木，且也只能長到和人一般高而已。

「那是J和H的製紙廠。」

突然間冒出來似地，原野中途有一撮大樓建築和煙囪，幾縷白煙從那兒直竄上秋空。而原野盡頭則是一連串的矮丘，在那之後露臉的是阿寒連峰。

「從現在開始是釧路最好的時候了，夏天海上霧很大，很少有放晴的日子，但秋天可都是好天氣。」

道路兩旁人家是愈來愈多了，看著愈來愈近的釧路市區，津山想起了井浦久仁子。

自從那一夜同眠後分手，便再也沒有久仁子的消息。當時她說過一個禮拜就要結婚，想來是已經結婚了罷。

她只說對方是釧路人，問了幾次他的名字和職業，她都不作聲。

在那之後，十六年過去了。

雖說那個時候的事想起來令人感懷，但對津山來說，卻也是個多慚多愧的時代。只要是使壞、能博得惡名的事他都想去做。那些事沒有一樁值得耗費青春熱情，盡是一些自以為是的無聊、傷人的遊戲罷了。

和久仁子的事也差不多是這樣，儘管最後是對方自願的，但不容否認在那之前自己的確玩弄了她的感情。

快四十歲了，對年輕時的醜事，津山是看得愈來愈清楚了，清楚到甚至讓人想把眼睛給遮起來。

雖說久仁子自己也說要獻給自己喜歡的人，但這並不表示對她就不會造成傷害。當時固然是基於對方要自己占有她，若不照做不好意思的心理才做了的，可是津山自己也覺得，同樣是做，應該還有更溫柔的方式。

經過了這十多年，對久仁子的溫柔與悲哀，津山是確確實實地、愈來愈了解了。年湮日遠，而往事卻愈顯鮮明，這的確不可思議。但也許是因為這段期間，津山自己也終於能夠親身體會歡喜與悲傷的緣故罷。

「從這兒開始就是市區了。」

左邊有超市，右邊則有公園，儘管是平地，但白樺樹林立，那之前則是一大片社區住宅。

久仁子就住在這樣的地方嗎？十六年前，小津山一歲的久仁子才二十一歲。這麼說，現在已經三十七歲了，就算有兩個小孩、大的上國中了也不奇怪，丈夫如果在上班，也許是個課長，快的話說不定已經當上部長了。

聽說自己到這兒來的消息還上了報，她也許都看到了。也許還瞞著丈夫反覆地看哩！她大概沒想到那個自己自願獻身給他的男人到了快四十歲時，竟然會若無其事地到這兒來演講罷。不知所措的，與其說是津山，還不如說是久仁子哩。

車子過橋，突然間，海的味道衝鼻而來。從阿寒連峰流下來的阿寒川一路流向大海，臨海有個碼頭，車子過了橋，通過車站前的市場前方，抵達O飯店。

兩點開始的演講在市立圖書館的大會議室舉行。舉辦單位是書店和文化協會，不大不小、約可坐兩百人的房間，幾乎已經滿座。也許是時間的關係罷，上班族很少，大多是家庭主婦和學生，但以白天的安排來說，這樣的出席率已經算是差強人意了。

津山的演講題目是「小說與我」，不過倒不是說就此有什麼相關的主題要談，只是拉拉雜雜地談了自己開始寫作的動機以及一些青春時代的回憶而已。

邊談，他邊想著久仁子或許正在聽眾席上也不一定。

女聽眾很多，津山在其中搜尋貌似中年的家庭主婦。但他只記得她未出嫁時白皙甚至略顯蒼白的臉龐，要找出一張落差如此之鉅的女人的臉實在很難。

即使是在演講結束之後到休息室去和市內文化團體的人閒聊，津山也都還一直期待著久仁子會現身來找自己。但真正出現的只有兩個年輕女孩，她們要求自己在書上簽名，除此以外沒有任何人出現。

即使是出了圖書館回到飯店，在房裡休息時，他也仍抱著希望。

兩點左右正是小孩放學回家的時候，大概不能出來，若是四、五點，假裝要去買東西，也就可以神不知鬼不覺地來了，至於津山住的飯店問書店或是報社就行了。

從房間窗子，津山望著街景。

低矮的建築物前面是河，河岸邊聚集了插著五色旗的秋刀魚船。書店老闆說，從架在釧路川上的幣舞橋上看到的晚霞是日本之最。這兒由於是日本的極東，因此太陽這會兒已經開始下山，只見海上一角已染得熾紅。

倘若走上橋去，也許可以從正面來欣賞夕陽，不過天空彷彿滿布了霧靄似地，從白天就開始朦朧了，在斜陽裡更顯得不透明。

「時間差不多了！」

見浦本來，津山再次繫緊領帶，上書店去。由於已經有客人在等了，簽名會提早了十分鐘開始，津山得寫上買書人的姓名，再於其旁簽下自己的名字。

邊看著店員遞給自己的寫上買書人姓名的紙條，津山邊找久仁子的名字，既然已經結了婚，就不再姓「井浦」了，但「久仁子」這個名字倒不會變。

他小心翼翼地注意女性的名字，但並沒有發現同樣的名字，途中一度發現有叫「くに（譯注：以假名書寫，與久仁子同音）」的，看看站在面前的人卻不是她。

簽名會一開始很擁擠，根本沒時間休息，過了半個鐘頭，人開始零零星星地進來，一個鐘頭內便告結束。

久仁子終究還是沒有出現。

在書店的會客室裡，津山邊喝茶邊感到微微的失望。

「您累了吧？」

「還好……」

「那我們去吃個飯吧！」

在書店老闆的引導下，津山和浦本在山丘上一家看得見海的餐廳裡坐了下來。不論是螃蟹或是扇貝都是東京吃不到的大而新鮮，但津山不知怎的就是沒有什麼感覺。還在東京時，並不想和久仁子在事隔多年之後見面。都過了這十多年了，才在這時候若無其事地到曾經有過痛苦回憶的女人住的地方去，簡直太麻木不仁了。

不過，在浦本的遊說下，他突然起意想去那麼一次，去重新審視自己過往的醜事。倘若真能見面，津山希望能像從前的久仁子那樣坦率，為自己的過錯坦率地向她道歉。

這個願望在抵達札幌之後卻變成單純地只想見久仁子一面。他想見見這個手中確實握有自己的青春歲月的女人，和她聊聊往事。

「開始起霧了！」

女服務生拉開窗，原本可以一目瞭然的釧路港夜景，這會兒卻只顯得光影朦朧。

看著霧中光影，津山想到也許久仁子根本已經不在釧路了。十六年的時間夠讓一個上班族調好幾個地方工作了，她沒來應該是這個緣故才對。這麼簡單的道理，津山納悶自己怎的這會兒才想到。

「散個步看看晚上的市區吧！」

三人於是一道上鬧區去，下了坡往左拐有座橋。這麼散過步，才知道黃昏時看得見夕陽的橋橋燈迷濛，而霧則起自海上。

背上、肩上都開始有點濡濕了，已經是得穿上外套的季節。

喝過兩家酒吧，帶著兩分酩酊回到飯店，已快十點鐘了。除了霧，海的味道也滲進了全身似的，讓津山想盡快沖個澡。

「津山先生是嗎？有您的留言。」

拿鑰匙時，櫃台人員遞來一張紙條。津山帶著醉意一看，只見上頭寫著：「今晚八點到飯店去，但因為你還沒回來，所以先走了，十點鐘我會再打電話過來。井浦久仁子」

津山一下子清醒了不少，連忙搭上電梯。

「有什麼急事嗎？」

「呃！沒什麼。」

隨意敷衍浦本兩句，津山便在六樓下電梯，立刻進房間。

拿下領帶、脫下西裝，點了根菸時電話響了。

「喂！您有電話進來。」

總機的聲音消失後還有一小段空檔，津山屏息以待。

「喂！津山先生嗎？」

「我是。」

「你聽得出來嗎？是我，井浦久仁子。」

久仁子的聲音沒變，仍是那麼清亮。

「我剛剛去過飯店了。」

津山心想終於見得著了，這麼一來，來到這日本盡頭的另一半目的也就算是達成了。

「剛才被書店的人邀去喝酒了，我如果知道妳要來，就會早點回來。」

「很想見你一面呢！太可惜了！」

「現在大概不能出來吧？」

「不行啦！都十點了。」

「妳家住哪兒呀？」

「千歲町。在春採湖旁邊，離你那兒蠻遠的。」

「那明天呢？」

「下午可以。」

「下午不行，我已經訂好中午的飛機回去了。」

「好快喲！」

津山點點頭，接著乾脆爽快問道：

「妳現在在家裡打的？」

「是呀！」

「妳先生呢？」

「在這兒。」

「在那兒？」

「在旁邊看電視。」

津山嚇了一跳，她到底是怎麼想的，可以在他身邊說這麼多話嗎？

「我先生也是你的書迷喲！我推薦他看的。」

「妳先生是做什麼的？」

「他開藥店。你如果吃太多，胃不舒服的話就過來吧！噯！乾脆現在就過來嘛！」

「……」

「我也想讓你見見我先生。他人不錯，跟你應該也合得來才對。」

「小孩呢？」

津山愈來愈不懂久仁子心裡到底在想什麼。

「我三個小孩。一個男孩子唸國中，兩個女孩一個國中一個小學。我今天還帶了小的去你飯店呢。」

「……」

「噯！把明天的班機延後算了，如果可以，中午和我先生他們一塊兒吃個飯嘛！」

「大概不行吧！」

「可是十六年了吔！不知道下次什麼時候才能來。」

「話是沒錯。妳過得好嗎？」

「託你的福。雖然住的是這種鄉下地方，不過住慣了也就好了。」

久仁子咯咯笑了起來。

「嗳！明天無論如何都不行嗎？」

「我還是要回去啦！」

「太可惜了！不過，如果可以延的話，就打電話給我喲！我等你！」

「好！」

「你見過野村他們了嗎？」

「沒有！」

「大夥兒不知道好不好呢？」

「應該不錯吧，那就……」

「要掛電話了？」

「對妳先生不好意思。」

「沒關係的，嗳，我們聊嘛！」

「不了，那就多保重了！」

津山掛上電話，床邊剛剛拿下來的領帶和西裝疊在一塊。

霧笛聲自遠方傳來。

津山站起身，兩手撥開窗簾往外看。在照著飯店中庭的光裡，霧浮動著，從海上到陸地，彷彿連地上一丁點龜裂都能填滿似地，霧緩慢卻確實地不斷流動著。

「都過了十六年了。」

邊喃喃自語，津山邊看著被霧染成一片乳白的釧路市區。

拜她之賜

「你知道ヰタ・セクスアリス嗎？」

到了截稿日，我仍舊寫不出來。最後走投無路，只得逢人便問這句話。從開始問到現在才兩天，我一共問過六個人，其中女性上班族兩人，中年上班族兩人，另外兩個人是編輯。如此看來顯然各個分野都是兩個，但這倒不是刻意造成，而是事後一算正好如此而已。

再來看看結果，兩個女性上班族當中，二十一、二歲那個年輕女孩只冷淡地回了句「不知道」，而另一個，二十七歲年紀較長的女性則似乎對我這樣發問的意圖很感困惑似地，先是一臉驚訝，繼之答以「那不是森鷗外的小說嗎？」

接下來是中年上班族。這兩個都是大學畢業，其中某商業公司的股長開口便說「那是什麼玩意兒」，接著又像想起了什麼似地說「你又在想些不正經的事囉」，跟著嘿嘿笑了起來。而另一個高中社會科老師則先點點頭，然後答道：「不就是鷗外的小說嗎？寫性的啟蒙那本。」

至於那兩個編輯，一個二十八歲，一個三十三歲。兩人在被問了之後同時盯著我的臉，一副不解問題真意的表情。

「因為我得寫一篇名叫『我的キタ・セクスアリス』的小說啦！」

聽我這麼一說，兩人點點頭表示原來如此，跟著說道：「那不是挺有意思嗎？」

「可是，那個キタ・セクスアリス到底是什麼意思呀？」我說。

「呃！」

「什麼意思呀？」

「嗯……」

當然，他們原本就知道森鷗外也有一本同名的小說。但即使如此，他們仍舊無法如此回答，因為他們知道我既然這麼鄭重發問，「有和這同名的小說」這種回答，自然不會是我要的答案了。

「森鷗外也有這麼一本小說啦。」沒奈何，我只得主動提出。

「不是指那個嗎？」

「呃！倒也不是這個意思，只不過那只是小說的題目而已。」

「說的也是。」

「且不管小說，若光指ヰタ・セクスアリス的話……」

「這麼說，這倒是個奇怪的字哩！」

「意思倒是還可以了解啦。」

話說到這兒又中斷了。

說起來，這實在是件很詭異的事。稱得上有文化水準的人（雖然這話有點刺耳）一聽到「ヰタ・セクスアリス」這句話是可以有些體會，但只要一被問到「這字是什麼意思」，卻又不甚了了。

想來想去，最後總會說：「大概是森鷗外小說裡那種年少時性的啟蒙吧。」之後便又是支支吾吾的了。

於是，我便說了些體面話，說什麼我在醫學院學德語之餘又順道學了點拉丁話，這才開始思考「ヰタ・セクスアリス」這句話的真意。

談到這真意，待我一查拉丁語字典，我發現它的意思和我當初的理解並沒有兩樣。我嚇了一跳，因為它的意思再平凡、簡單不過了。因此我的目的並不在寫這種東西。並不在這裡，我的目的是在寫它的真意，我要將「ヰタ・セクスアリス」從「鷗外的同名小說」這種不成文規定解放出來。

這讓我非常愉快。比想起「我的ヰタ・セクスアリス」怎麼寫更教人愉快。因為我可以將過去近半世紀以來堂堂睥睨日本文壇甚至一般社會大眾的「ヰタ・セクスアリス」這句似乎隱含了某種意義的神祕字彙攤在陽光下。

就像國會，仔細一看還不如小孩子的討論會，或者相撲負責檢查的慎重審議，用麥克風放出來一聽簡直無聊得可以一樣，「ヰタ・セクスアリス」說成日語也不過是句無聊至極、平凡無奇的話罷了。

如此，終於我見識到了這句本來無足輕重、卻自個兒佯裝高貴的「ヰタ・セクスアリス」。

二

事到如今，我不會說鷗外的《ヰタ・セクスアリス》很無聊。最主要是因為我在高一時初次讀這本書，它竟無聊到讓我讀了一半就丟開了，所以我不需要在這時候說它很無聊。

或者，我若能再早一點，在國中一、二年級時讀，也許會感動罷，但若是這樣，我日後必得罵它無聊了。

無論如何，《ヰタ・セクスアリス》在明治末期時也許是本很了不起的小說，然而對在戰後兵荒馬亂的當時一直是男女同校的我來說，事實上是相當無聊又裝模作樣的。當然這最主要還是我那只循著小說中所發生的事件來看的自以為是的說法所致，但不可否認地，時代的差距也是原因之一。

高一時，我因為無聊而將它丟開，但若換作是現在的高一學生看，他們也許看得咯咯發笑哩！非但如此，也許還會看不起作家，覺得作家怎的如此幼稚。

哎！這些其實都無所謂啦。我的問題在於「ヰタ・セクスアリス」這句話本身。

森鷗外的《ヰタ・セクスアリス》最後是以這樣的句子結尾的：

金井拿起筆，在封面上用拉丁語大大地寫下

VITA SEXUALIS

幾個字。跟著叭一聲將它丟進書庫裡去。

這篇小說裡出現了許多德文，原先我還以為或許因為寫的是性，所以難以露骨說出的話便以德文來逃避，實則不然。他所用的不是只有和性有關的詞而已。感覺上比較像是醫生在說話時順口說出的德語就這麼直接用上了。

VITA SEXUALIS 一定也是其中之一。

不過，由於它是篇名，因此作者若不是對這個詞特別有好感，就是除了以此命名，別無他途罷。

因此，要說起這個拉丁文，總覺得好像在掉書袋，是不太好意思，但既然已經是騎虎難下，就讓我來解釋一下罷。

VITA 是英文，指的是 LIFE 的意思。

這麼說來，誠如各位所知道的，正是生、生命、生活的意思。也有生涯的意思。相反詞是 DEATH，因此它指的是與死相反的、活生生的，充滿生命力的事物。

從 VITA 這個語源也可以了解到這些個字義，而 VITAL 這個形容詞則是由生命的、活生生的變成生命中必要的、不可或缺的、生命中應有的等等字義，同時更擴大到從給予生氣的、重要的，到存在或文言中所用的賦予生命的字義。

VITAMIN 維他命，正是由此所衍生的字彙，指的是生命中必要的、使之有生氣的東西。

至於 VITALITY 等等，當然也是從 VITAL 所衍生出來的名詞。

由此可知，VITA 另外還有生氣、朝氣、活力的意思。

而 SEXUALIS 一如字面所示，是拉丁文的構造，在名詞後面加一個 IS，表示性的、性方面的或者生殖的等等的意思，這是再簡單不過的。

如此，這 VITA SEXUALIS 的意思立刻清楚了起來。

亦即，所謂的「ヰタ・セクスアリス」指的正是性的生涯，由人性出發的對性生活及性的生氣、性活力。

鷗外是如何理解「ヰタ・セクスアリス」的意思，以至於將它作為小說篇名我不得而知。但從小說的內容來推斷，把它解釋作「性的生涯」或是「性的生活」殆無大過。只是他的這性生活始自六歲，終於二十一歲。以這層意義來說，命名為「我的性的前半生」或是「我從六歲到二十一歲的性生活」也許更為妥貼罷。

總而言之，「ヰタ・セクスアリス」這個看似艱澀的字彙翻成日文，就相當於「性的生活」或「性生活」的意思。

事實上這種字彙現在的人早就聽膩了，連提都不必提鷗外，這等事不言自喻。

更不要說大可不必只因為「ヰタ・セクスアリス」這個詞兒便非得寫自己性的啟蒙

或是幼時的體驗了。真要這樣，那麼書裡只寫了半生，和「ヰタ・セクスアリス」真正的意思並不相符。

不知道是聰明還是狡猾，或者害怕檢查，鷗外大師在作品中並未提及理應是「ヰタ・セクスアリス」最輝煌的二十二歲之後的性生活。要寫性的話，應該還是中年到老年這段時間才是最刺激的。像什麼少年期，只會讓人創痕累累，沒什麼意思。

哎！我又贅言贅語地扯遠了。批評鷗外的《ヰタ・セクスアリス》並不是我的目的。

問題是，根本不需要只因為「ヰタ・セクスアリス」這個詞兒，就像鷗外大師這樣只將少年時期的性寫得煞有介事，彷彿它將會是日後人生的大事一般罷。

那部作品不過是「ヰタ・セクスアリス」的序章罷了。當然，更不必只因為「ヰタ・セクスアリス」便又臭又長地寫出經年累月的性生活。正如前面所查明的，這個詞有著更多更廣的語義。

你也可以將它解釋為性活力、性需求、性慾等等字義。不！不如說這麼解釋更刺激有趣哩。

總之，只要是和性有關的事物都可以，從性的好奇心到衝動、行動、結果、思想，

全都包含在「ヰタ・セクスアリス」裡頭。而且這個詞兒沒有什麼年齡層的規定。從一歲到八十歲，只要是和性有關的，什麼都行。

就隨性把鷗外大師所建構的「ヰタ・セクスアリス」的虛像打破罷！其實什麼「ヰタ・セクスアリス」，指的根本是再簡單、平凡不過、不足為奇的事嘛！

就為了表達這點，我的開場白竟然這麼長。但好不容易，我以這開場白擺脫掉鷗外大師的陰影，稍稍感覺輕鬆了些。既然如此，這會兒便非得開始寫我自己的「ヰタ・セクスアリス」不可了。

三

如果有人說，在我的「ヰタ・セクスアリス」裡我只能提一個最重要的女人，那我將毫不猶豫地舉出宮野乃夫子的名字。

各位可千萬別誤會，我的意思並不是說她是我曾經的最愛、或是最難忘的人。

聽我這麼說，或許讀者當中有人會這麼反駁，說是在男人的「ヰタ・セクスアリス」裡最重要的女人不就是最難忘、最愛的女人嗎？

當然也許在某些人的狀況是同一個人罷。但事實上這兩者看似一樣實則有些不同。我想那些曾經和很多個女人深交過的人一定能了解我的意思。

如此這般，在男人一生的性當中居重要地位的女人和最愛的女人不一樣，這是男人的特色，女人則並不多見。

然而在女人的「キタ・セクスアリス」裡最重要的男人多半會是她最愛的男人。愛情隨著性的開發而愈深，一般所謂女人的愛是生理性的，道理就在這裡罷。

但男人就有一點點不一樣了。本質上，男人是不會因為異性開發了自己的性就更愛對方的。

比方說，本來一個很棘手、討厭的對象，隨著快感的增加而變成喜歡，這種劇烈的變化在男人身上是不太可能發生的。

男人的性快感無論是自慰或是性交，在本質上並沒有什麼不同。自慰由於不需要煩人的步驟，又能適切地刺激重點，有些時候甚至比和一個普普通通的女人做愛感覺更好。從土耳其浴的風行便可以得到證明了，儘管女人會埋怨那種地方到底有什麼好。

總而言之，以男人來說，他們並不會因為和幾個女人有過接觸（發生過關係），就覺得自己從性到精神都和那個女人緊密地結合了。性歸性，精神歸精神，兩者是可以個別存在的。

更不要說男人也不會因為有了性關係，性事上便因而眼界大開進而蓬勃發展了。那般快感逐漸湧來，直到達到高潮的一剎那，一下子便消失了。男人短暫的這一剎那不管是念國中的小男生或是中年男子都一樣。甚至可以說過了中年，男人生理上的快感會逐步下降。

男人固然是藉著女人才了解性的種種面相，但這其實只是了解了各種性的方法，本質上的性快感本身並未增加。那些都只是學技術而已，與性快感的深化並沒有關係。

我這麼說，也許有人會問：「以你的理論，床上功夫再怎麼好的女人對男人來說都只是技術指導或輔導的角色，對本質上的促進快感等於沒有幫助。但女人卻也可能是最重要的，這又是為什麼？」

誠如所言，若單是個技術指導，儘管人各有不同，但這些微的不同並不至於造成根本上的差異，終究只是個配角而已。

但事實上唯有一個女人會不一樣，正是在大多數男人的「ヰタ・セクスアリス」裡發揮了劃時代功能的女人。

有句話叫做「開眼」，好比女人在某個晚上突然了悟了什麼叫性的歡愉，這一瞬間人稱女體開眼一樣。

常常有些大而化之的人會把女人失去貞操的那一瞬間當作是女體開眼，這是不對的。

「女人不是在失去貞操的那一瞬間成為一個真正的女人的，而是在了悟了所謂的性歡愉的那一瞬間成為一個真正的女人。」

因此，不了解性歡愉的女人不算是真正的女人，僅僅是個女人罷了。這一點請各位不要搞錯了。

話說回來，在男人身上也有所謂的開眼。這也和女人一樣，指的並不是失去童貞的那一瞬間。男人失去童貞比起女人失去貞操應該是更微不足道罷。

發現女人其實也喜歡性、也相當好色的這一瞬間才真正是教男人驚訝的。男人這種動物非常自以為是，他們總以為在年輕時，女人是因為男人需要，這才勉為其難和自己性交的。他們始終以為女人是不需要性的，以為她們只要能表現得一派清純也就滿足了。

然而有一天，男人會突然大徹大悟過來，推翻了這般男性族群自以為是的觀點。

需要像性這樣下流的東西、並且樂於與之產生長遠關係的，事實上並不只是男人，女人也不例外。非但不例外，女人甚至有更強烈的需要。

了悟了這點，男人受到極大的衝擊，彷彿頭上遭到重重的一記悶棍。

這倒也難怪。二十多年來自己堅信、並且一手培育的所謂女性清純而嫌惡淫猥的這種信念竟然如此徹底地被推翻了。

相較於這分驚詫，失去童貞時的驚詫也就算不得什麼了。

從這一瞬間起，男人在「キタ・セクスアリス」上的苦日子才待開始。

因為既然「女人也會因性而快樂」，那麼自然會衍生出「是男人便該讓女人快樂」的想法。這個想法還會進一步演成「不能讓女人快樂的不是男人」，最後更形成「如何才能讓女人快樂」的問題。於是，男人為女人效命、隸屬於女人的這種兩性的基本形式便從這時候開始出現。

但即使是面臨如此重大的轉變，男人卻仍絲毫不知敵人正是眼前這個女人，還滿心以為是圍繞在這女人身邊的男人們。

如此這般，男人開始致力於讓女人快樂，和她身邊的男人們便自然展開性的戰爭。

然而對男人來說，再沒有比這場戰爭更嚴酷、激烈的了。因為再怎麼說，這場戰爭非關地位、家世、經濟背景，是男人個人的戰爭。這正是一場赤手空拳、沒有救兵的孤獨戰役。

正因為這個緣故，在這場戰爭中落敗將會是致命的傷害。因為是敗在個人的、而且是根本的點上，因而打擊極大。

在原始的古代社會中，男人的位階肯定是以這場性的戰爭中的強弱來決定的。這正是強者和弱者明快的論理所在。

而現代的男人認為這種位階的決定過分簡單而動物性，多表輕蔑和嫌惡。女人也表示不滿，說是她們沒有那麼簡單而動物性。

然而，一反這種表面上的說辭，人們心中其實是默默地認同這種決定的。這分認同深藏在心底，因此很難讓人理解，但在某一瞬間便會探出頭來。

比方說，男人如此費盡心思，或者是以淫穢的眼光拿自己那話兒和別人相比，並且為此感到放心或悲傷，正足以證明他們在乎這種位階，再者，女人偷偷耽讀與此相關的書、作各種想像、暗自渴望不已，或是聲稱個性不合要求離婚等等，也都足以證明她們其實是很重視性的。

像這種事，不待人說，不待人教，男人自然會懂，他們可以覺察到那方面的戰爭它的重要性絕不亞於實際的社會地位或金錢。

這種戰爭往往不是由男對男的直接對決便解決得了的。勝負總歸還是得以女人為媒介，經由她們的反應來感覺及判定，這當中需要一個評定者。

而且這個評定者正是女人這個既貪心、心緒起伏又大的感性動物。她們有時非常誠實，有時卻又撒下漫天大謊。好的東西她們是會坦白說的，但有時也會作出違心之論。

然而評定者無論如何就是只有女人而已。管你是不滿也好、憎惡也罷，除了委由女人來評定之外，你別無他法。

以這層意義來說，男人的第一個女性評定者在那個男人的「ヰタ・セクスアリス」上意義便十分重大了。說得更誇張點，「男人是生是死，完全存乎這評定者一心」了。

在性的戰爭中受傷、落敗的男人沒有一個不是敗在這評定者手下，而臉上掛著勝利微笑的男人也全都是拜這評定者之賜。

因此，在男人的「ヰタ・セクスアリス」居重要地位的女人，正是這位女性評定者。

而本章一開始時我所提到的女人宮野乃夫子，正因為是我的第一個評定者，同時在那之後也對我的「ヰタ・セクスアリス」產生長遠影響，因此算是我生涯中最重要的一個女人。

四

借用鷗外在「ヰタ・セクスアリス」中冒頭的寫法的話，我是應該這麼寫的：

「這一年我二十四歲。」

這一年我從札幌一所大學的醫學院畢業，才剛開始實習。

由於上過課，對女體的構造及生理我比一般人更清楚。當然，作為一個醫學院的學生，醫學方面的知識是不能不比一般人強。但若說和其他同學比起來如何，則又不頂可靠。念其他科目我是相當懶散的，唯獨婦產科上課上得很勤，我這才說這一科我還相當有把握，可是因為其他同學也和我一樣認真，所以結果是一樣的程度。總之，只有婦產科這一門知識我和大夥兒是程度相當的。

老實說，直到這時候為止，我一共和三個女人發生過關係。一個是和我同齡的女大學生，另一個小我兩歲，也是個女大學生，第三個則是小我一歲的護士。

我獻出童貞、或者應該說承蒙占有的對象，是在我十八歲時和我同齡的第一個女大學生。

認識我之前，她就和中年男子有過經驗了。我每回見她時，總是時而渴望，時而壓抑悲嘆，看著我這個樣子，有一次她突然主動表示：「就給你吧！」。

「想的話就給你吧！」

被一個女孩大方地說出這種話，我反而不知所措，不知道怎麼會是這樣的發展，急得我在咖啡店裡一杯杯拚命地灌冰水。見狀，她竟就站起身來。

「到你那兒去吧！」

在此之前的我那渴求的目光不知到哪兒去了，就像隻被牽往屠宰場的牛，我慢吞吞地跟在她後頭離開。

記得當時，走在還有殘雪的路上，我還很擔心一件事，據說女人那兒有兩個洞，不知道自己能不能順利插入呢。之後上了醫學院，才覺得自己實在可愛，居然會擔心這種蠢事，但當時真的是很擔心，還擔心到頭痛的地步哩。

倘若真要模仿鷗外的文風，這時候的心理可非得刻畫入微不可了。不過在此且略去不提。

總之，當時還好有這位同齡女大學生熟練的配合，事情總算辦完，但這對我在這之後的「ヰタ・セクスアリス」幾乎沒有半點稱得上影響的影響。

和她之後維持了將近一年，不過這段時間裡始終不曾聽過對方發出高潮時的叫聲。

第二個女孩，小我兩歲的女大學生，大約是在和之前那個女孩分手前的一個月開始交往的。

她和之前那個一樣，也不是處女。或許就是因為這個緣故這才輕易獻身罷，但倒也並不因而特別性感。

單純拿這兩個女孩作比較的話，我想還是先前那個女孩的性技巧比較好罷。

然而，再怎麼說我到底是個才剛失去童貞不久的男人，而且也只懂得不斷重複急躁的單調動作，對方既然曾經滄海，要滿足她大概還做不到罷。和這個女孩交往了大約半年，直到她回旭川老家時才告分手。

認識第三個女孩是在我進醫學院升上二年級的時候，她個子小，圓臉蛋，長得很可愛，只為了要和在內科第二辦公室裡的她見面，我自願到內科的臨床實驗課去報到。

這個女孩是個如假包換的處女（剛開始我就這麼猜，做的當時讓我更加確信）。我是愛她，但不可否認地，心底也有一種自己是她第一個男人的自豪和滿足。

反正不管怎樣，和她做愛，是我頭一遭擁有主導權。我只覺得自己終於得以成為一個真正的男子漢了，但事實上行為本身和過去並沒有兩樣。

說起來，這三個女孩和宮野乃夫子的狀況完全不一樣。

我認識她時，她在札幌一家名叫「地下鐵」的酒家裡陪酒。還是一名實習生的我之所以會出入這種地方，是因為學長K醫師帶路的緣故。乃夫子在那兒的名字叫做伸子，和K醫師似乎已經是老交情了。微暗的燈光下，只見伸子身著低胸、長裙襬的黑色禮服、胸前繫了一朵白花狀的胸飾。她個子小，骨架纖細，眼神銳利尤勝男人，所幸下唇略微突出，稍稍和緩了眼神的銳利。

年紀大約二十二、三歲，黑色禮服更凸顯了她的年輕。

我注意到她笑的時候，瞇著眼睛，一副好色的眼神，還咯咯咯地發出嘶啞的笑聲。那聲音和她那張年輕的臉龐落差頗大，讓人不由得聯想起潛藏在女人體內的那份可怖。總歸一句話，對只和女大學生、護士以及所謂的生手有過經驗的我來說，這還是我第一次碰上這樣的女人。

K醫師和這個伸子不時親暱地交談或跳舞，但倒不會讓人有什麼異樣的感覺，兩人聊的也盡是些不涉曖昧的無聊話而已。

伸子倒也厲害，一邊應付他，一邊還不時地走到我身邊來搭訕。

「你是實習生？」

「是的。」

打一開始我就緊張了半天了。

「常和Ｋ醫師喝酒嗎？」

「沒有，今天是第一次。」

「呃，那以後常來嘛！」

「可是……醫師他……」

「哎！你一個人來的話，服務費就不跟你收了。」

遠遠看她，感覺她有點妖嬈，但一開口說話卻出乎意料地爽朗。

「我們跳舞吧！」

「我跳得不好。」

「沒關係啦！站起來吧！」

伸子硬是牽起我的手，邊看著對面那一頭的Ｋ，我邊站了起來，Ｋ則看也不看我們，只不停地和旁邊那個年輕女孩說話。

「喂！我們等會兒碰頭吧！」

「等會兒？」

「嗯，等我下班之後。」

「可是……」

對這突如其來的邀約，我不知道該怎麼好，見狀伸子猛然抓住我攬著她的右手，說道：

「我十一點半下班，十一點四十五分我們就約在這棟大樓對面一家名叫『天鵝』的咖啡店見，好不好？」

「那K醫師怎麼辦？」

「K醫師沒關係的，只要跟他說你有事，然後各走各的，不就得了？」

「那妳呢？」

「我？我和他一點關係也沒有呀！」

伸子又發出和先前一樣的笑聲，我只覺得我的下腹直貼到股間去。

我立刻不安了起來，伸子和我見面要做什麼？只喝個咖啡就回去嗎？還是……我左思右想，下半身與理智無涉地自顧自熱了起來。

「走囉！」

十一點時，K站起身來，我當然也跟著走了出去。

「醫師下次再來喲！」

伸子一隻手搭在K的肩上，另一隻手則再次抓住我的手。

「再到別家去吧！」

走出店外，K這麼說道。我連忙告訴他我要回家。

「呃！」

K看了我一眼，這才搖搖晃晃地開始往電車路走去。

「伸子好像對你有點意思哩！」

「沒這回事。」

我立刻否認，但K卻不加理會。

「她不虛榮，是個好女孩。」

「醫師和她……」

我終於還是說出了心中在意的事。

「我是對她有意思，可是沒辦法出手。」

「為什麼？」

「因為我認識她老公。」

「她有老公呀？」

「倒不是正式的。他姓坂本，開了一家叫『芝加哥』的酒家。」

「是五條那家大酒家吧？」

「伸子那女人愛上了那個店老闆，連孩子都生了。」

「她有孩子了？」

「那個老闆很花。現在和她好像是已經斷了，不過因為有孩子，大概還在拿他的錢吧！」

我嚥了口口水，實在覺得太意外了。

「我和那個老闆從小學就認識了，所以我沒辦法追她。但我想，有機會和這種女人交往，對往後或許會有些幫助喲！」

K說得一副事不關己的樣子，跟著輕輕笑了起來。

伸子果然準時出現在「天鵝」。她一來，立刻看了手錶，隨即開口邀我離開。我正想問她要上哪兒去，她卻逕自拿著帳單往入口走去。只見她付了帳，走出店外，立刻伸手招了計程車。

「中島！」

我知道那一帶有很多賓館。

「今天晚點回去沒關係吧？」

伸子的手沿著座位伸到我的膝上。她的手放置的地方直發熱，就像被蓋了一個熱手印一樣。

「好久沒這麼做了。」

聽著伸子沙啞的聲音，我還不知道自己到底該怎麼辦。

伸子以前的男友據說是薄野出了名的花花公子。我果真能滿足和這麼一個男人做過愛同時還維持了好一陣子關係的女人嗎？她一定期待我能帶給她和以前的男人同樣的快樂。但到目前為止，我只和三個人發生過關係，而且全都是還嫌青澀的女孩子。只和這種女孩有過經驗的我能罩得住伸子這種經驗豐富又成熟的女人嗎？

想到這兒，一陣陣不安接踵而至，要是讓她失望的話怎麼辦？好不容易才掌握住的一場新的冒險也會因著這一點就泡湯了。而且被人以侮辱的眼神表示自己技不如人，不想再玩下去，也頗難堪的。事情真要這麼發展的話，倒不如一開始就不要發生關係。不管找什麼理由，如果就這樣回去，她還不至於會甩掉我。

也許有人會嘲笑，說是你們男人怎麼會有這些莫名其妙的想法，但事實上男人在年輕時腦子裡想的確實都是這些。

正如前面所說的，這時候我是個考生，而伸子則是主考官。

我該回去嗎？但這機會千載難逢。見食不吃，算哪門子道理？管他三七二十一，先做了再說吧。她當然知道比起坂本那個玩家，我是嫩多了、笨多了。她應該是在知道這點的前提下開口邀我的罷。反正我只要還能做，也許就不至於讓她太失望。

可是，萬一我不行，那可真就慘不忍睹了，簡直太悲慘了。不只是再也不能見伸子，說不定連K都沒臉見哩。我會成為大家的笑柄。幹麼非要冒這個險來做這件事呢？要回去就趁現在了，邊想著我邊四下張望。這時車子正在過橋。河面在夜裡看似閃閃發亮。過了橋就是中島了，真要逃的話就該早點說。

可不知為什麼，我的嘴像冰封了似地竟一動也不動。彷彿被伸子用一根指頭給鎮住了似地動彈不得。

那之後的事我就不太記得了。

只知道當原本怯懦的那話兒怯生生地抬起頭來的那一瞬間，我便急急將它插進伸子體內，機不可失似地。

「進去了！」

從那一剎那開始，我只管往前衝。直到結束之前，我都拚命地做，盡力地動。

那時的我肯定就像全副身心奉獻給雌獸的一隻雄獸。

終於，那個獨一無二的主考官發出愉悅的叫聲，彷彿從地底深處湧現出來似的。這是我頭一回聽見的女人化身為一頭野獸的叫聲。

驚訝於這叫聲，同時又受到這聲音的鼓勵，我更加「鞭策」自己。

「你太棒了！」

結束之後，伸子在床上用手指抵住我的胸口微微笑著。那笑臉正是我筋疲力竭、努力了一夜的犒賞。

五

從那之後，我和伸子維持了五年的關係，直到她遇上另一個男人供給生活，這才不再往來。

話說今年春天，我在札幌的G飯店和睽違了六年的伸子重逢。伸子看起來十分穩重，就像一般正常的家庭主婦，說是剛從她獨生女兒學校的展覽義賣會回來，手上還拿著餅乾。

沒有誰開口，兩人隨即到飯店去重溫睽違六年的過往。

完事之後，伸子兩頰略帶紅暈地對我說：

「還是你行！」

「不過妳現在的老公很愛妳吧？」

「話是沒錯，但總是不太融洽。」

「我好像也是和妳最能配合哩！」

「你真會說話……」

伸子用和從前一樣纖細的手指抓住我的胳臂。

「對了，有件事一直想問妳，第一次和我做的時候，真的那麼舒服嗎？」

「第一次的時候？」

像在回想似地，伸子望著窗外，半晌眼睛略帶笑意地說道：

「普通啦！」

「還是之前那個老闆好吧？」

「呃！是比不上他。」

「那妳為什麼跟我說得那麼好聽？」

「我有嗎？」

「妳說我太棒了，妳忘了嗎？」

我吃了一驚，只見伸子突然正色道：

「我多半都會跟男人說他很棒，所以大概也對你說過吧！」

「即使真的做得不好，也會那麼說嗎？」

「真的太差，那就另當別論，但如果是普通，跟對方說很棒比較妥當吧！」

「妥當？」

「是呀！那樣男人會比較有自信吧？男人一有了自信，就會愈來愈好的，總之就是要誇他們。男人如果因此而進步，結果還是我賺了嘛！」

「這麼說，我也上了妳的當了。」

「嗯！是呀！」

「太過分了！」

「可是你倒也因此能和各類型的女人玩得有自信吧？」

「因為我覺得既然已經征服了妳這種專家，自己應該是沒問題了。」

「既然這樣，還有什麼好抱怨的？應該跟我說聲謝謝才對呀！」

「是這樣嗎？」

「你不是就因為這樣才開始有了作為男人的自信嗎？」

「這倒是。」

「如果沒有那句話，也許你到現在還在為那種莫名其妙的自卑感煩惱呢。」

「對了，都是妳的功勞！」

輕吻過伸子已經長出皺紋的額頭，我步出房間。

我的 VITA SEXUALIS 就此告一段落。不管這句拉丁文應該怎麼說，在我生命中，伸子的重要性是無可比擬的。

往巴黎的最後班機

一

十二月，阿姆斯特丹的夜來得很早。

白天籠罩在奶色大霧中的街道到了午後四點便暗了下來，街燈、人家的窗則開始亮了起來。倒不曾約定哪一家的窗燈先點，整條街道的燈幾乎是同時點亮的。

靖子將視線從桌上的傳票移開，看著暮色漸濃的街道。

隔著街電車鋪著石子的軌道，從她的座位可以看見對面的商店街。

連棟四層樓高的建築物，一樓商店櫛比鱗次，每個櫥窗都像珠寶盒似地光彩奪目，從屋頂垂下的彩燈且左右點綴著櫥窗。

在荷蘭，十二月二十五日聖誕節人們通常只在家裡靜靜地禱告過節而已，互贈禮物取樂的是聖尼可拉斯華誕，即十二月五日。而商店街開始垂飾彩燈、大放光明，也是在這聖尼可拉斯華誕的三天前。

盯著華麗與夜俱增的彩燈好一會，靖子這才回過神來，將目光移回辦公室裡。

這占了三樓整層的辦公室以日本的說法約有二十坪大，正中央擺了三個人的桌椅，裡頭一角擺了分店長的大桌子，桌前則放了一組接待用的沙發。

由於是日興物產的阿姆斯特丹分店，分店長松崎自然是日本人，但營業的漢克和祕書兼打字員約翰娜是荷蘭人。再加上靖子，這是個四個人的小公司。

靖子在這兒負責整理進、出貨的傳票。在此之前，靖子曾在阿姆斯特丹的朋友那兒待了三個月，直到不能再閒居寄食下去時，碰巧這家分店要雇用日本人，於是就便以現地錄用的形式開始上起班來。

靖子在日本畢業於私立的R大英文系，在學時曾經另外學了英語會話，同時，來此之前也花了兩個月的時間走遍了整個歐洲，因此語言溝通上並沒有太大的困難。

荷蘭話她當然還不太懂，但荷蘭人幾乎卻能講英文，而且工作上的文件用英文來應付便綽綽有餘了。不過因為沒法像約翰娜那樣精通英、德、法、荷四國語言，又不會打字，也就難怪只能做傳票這般單調的工作了。

直到方才都被叫到松崎那兒的約翰娜這會兒終於回到靖子鄰座，開始打起字來。漢克則從下午出去之後就沒回來，辦公室裡只剩下松崎和兩個女人。

看看嵌在正面牆上的鐘，靖子又看看自己的手錶。

牆上的時鐘指著四點十分，手錶則是十五分。

「現在幾點？」

等打字聲一停，靖子問道。約翰娜回過頭，先用力點點頭，再看看自己的手錶。

「四點十五分。」

「謝了。那個鐘慢了！」

靖子瞟瞟牆上的鐘。

「四點五十五分就可以回去了！」

約翰娜以松崎聽不到的音量說道，跟著聳了聳肩。

約翰娜是活潑、隨和的女孩。比靖子小三歲，才二十二歲，但自從一年半前分店成立時便在這兒上班了。棕髮、長腳，是典型的荷蘭女孩。

靖子又朝窗外看去。教室頂樓小屋上端僅存的夕陽餘暉已然消失，街道完全暗了下來。

「有什麼急事是嗎？」

打完字，約翰娜問道。

「從剛才就一直看錶。是要去見男朋友嗎？」

「不是。」

靖子搖頭答道。約翰娜眨眨眼，點點頭，跟著便將打好的文件拿到松崎那兒去了。

見狀，靖子從洋裝口袋裡拿出信來。

信封正面以原子筆紊亂地寫著名字和地址。

YASUKO TAZAKA

背面也用同樣的字體寫著：

YOSHIHIRO KIRIKAE

底下則寫了日本名切替義浩四個字。

遠遠地聽著松崎和約翰娜說話，靖子從信封裡抽出信紙來。信紙是航空用的薄紙。

……二日我會到巴黎。不過，巴黎只在當天過一夜，三日便得到貝魯特去。其實是很想順道到阿姆斯特丹去找你，但因為事情很趕，又有宇野部長同行，所以沒法自由行動。

這次出差只有巴黎離阿姆斯特丹最近。因此，容我作無理的要求，能否請妳到巴黎來？我下榻的飯店是凱旋門附近的杜魯威揚飯店，電話是巴黎六七七三○五二。不知道何時才能再來，所以想見妳一面再走。我等妳了……

靖子看看右邊牆上的月曆。十二月二日，星期五，看了許多次了，怎麼看都是今天沒錯。

二

田坂靖子最後一次見到切替，是在一年前的冬天，地點當然是日本。十二月五日，六點，新橋的「馬利努」。時、地靖子都記得很清楚。

靖子在五分鐘前就到了，切替則遲了十五分。靖子迫切的感情和切替滿不在乎的個性就呈現在這時間的差距上。

「上哪兒去吃飯吧！」只啜了口咖啡，切替便拿了帳單站起身來。

「等等！」

「幹麼？」

「坐著！」

切替緩緩坐下才剛站起來的身子。

「我有事問你。」

「有事問我？」

「對！所以你好好坐著。」

靖子原本不想以這種方式開始的。因為她覺得這事要是由自己來開口就輸了。但切替這種遲到了也不道歉，還一副想當然耳地要按照老規矩繼續下一個步驟的態度著實令人無法忍受。

「一見面就擺張臭臉，到底怎麼了？」

切替莫名其妙地看著靖子。今天之前總是按照切替所說的，在附近的店吃個便飯之後便上飯店去。在那兒待到十點或十一點才告分手。對此切替自不待言，靖子也不曾有過異議。

「你有事瞞著我。」

「瞞著妳？」

「沒錯！」

「什麼事？」

「別裝蒜了！」

「我不懂，說清楚吧！」

「你如果不敢說，我就替你說出來！」

靖子張著就纖細的身子來說顯大了些的眼睛直瞪著切替。如果就此瞪著他把事情說出來，和他肯定就完了。靖子這一瞬間的困惑，切替似乎誤以為是膽怯。

「妳大概是誤會了什麼事吧？快說吧！」

「這可不是誤會。」

「不然是什麼？」

「你的孩子快生了吧？」

「……」

「你太太明年初就要生孩子了吧？」

面對突如其來的質問，切替不覺瞪大了眼睛，但隨即慌慌張張地將目光移到白色的咖啡杯上。

「怎麼樣嘛？是個男人的話就坦白回答呀！」

男人無言以對的模樣更叫靖子火上添油。

「妳聽誰說的？」切替的聲音沉著得令人意外。

「公司裡大家都知道呀！山代、野上、廣田他們都知道，不知道的就只有我，只有我一個人被蒙在鼓裡。」

「……」

「為什麼不告訴我呢？為什麼只瞞我一個人？難道你不知道就算瞞得了一時也瞞不了一世嗎？」

說罷，靖子發覺鄰座的人正往這頭看，於是縮回已伸至桌前的臉，跟著以略低而僵硬的聲音說道：

「一開始你就打算要騙我對不？」

「我沒這個意思，我早就想是不是要在下次見面的時候告訴妳了。」

「下次？下次是什麼時候？是不是想在聖誕節見面時當作禮物送給我？」

「不是的。」

「那不然是什麼？是怎麼回事？」

「反正，這種事又不是什麼大不了的。」

「為什麼？你們有孩子了，為什麼不是什麼大不了的？」

「這事和妳我之間根本一點關係也沒有嘛！」

「當然有，這關係可大了！」

「可是妳允許我結婚，也知道我結了婚了，卻單單不許我有孩子，這不是矛盾嗎？」

「我可沒有允許你結婚，我可沒同意喲！」

「可是妳還是和我來往，不是嗎？今天不就也是……」

「我不再見你了！」

「喂！等等，冷靜一下嘛！」

「總而言之，我不要你當爸爸，這我絕不允許！」

「別不講道理了！」

「這是對你瞞我的懲罰，反正我不會再見你就是了。」

「真是搞不懂妳！」

「我才搞不懂你咧！」

「別生氣嘛！幹麼為了這種事分手呢？」

「我要回去了！」

「喂！小靖！」

不顧切替的挽留，靖子頭也不回地走出店外。

走進人群中，一直隱忍著的淚水一下子奪眶而出。遮著臉，靖子急步轉彎，匆匆忙忙走進建築物後頭的小巷子，拿出手帕來摀住眼睛。

從這以後，靖子就沒再見過切替。

當然切替是打過幾次電話過來。而且，因為待的是同一家公司，儘管部門不同，上、下班或午休時還是會打照面。

這種時候，切替總會投以目光，表示想找她說話、想接近她。但只要一看到他，靖子便立刻背過身子逃離他的目光。

都過了這麼久了，靖子已無意和切替見面。她無法原諒他裝作一副一點也不想要有孩子的樣子，背地裡卻讓妻子懷孕的虛偽作風。都懷了八個月了，逼問之下才說老早就打算要告訴自己，這其實不過是一時的搪塞之辭罷了。若不是自己先說出來，他肯定還想繼續厚著臉皮隱瞞下去。雖說這會兒已經知道了，但至少還是被他騙了半年之久。

靖子已經不想再聽到他的事，更別說是聲音了。只要是和他有關的事物，她都不想沾上邊。

這樣的心情在一年前切替結婚時也曾有過。

兩人早在他婚前一年便發生關係，切替也明知靖子愛他，但卻仍舊和現在的妻子結了婚。據他說這個婚是在父母親的強求之下勉強結的。事實上，聽說他家和這個小姐的家住得近，他和她根本就是青梅竹馬。不過，不論有什麼理由，選了這個小姐，乃至於決定娶她的絕對是他自己。

按常理來說，當時靖子就應該斷然和他分手。和已經是人家丈夫的男人來往，未免太不乾脆、太可憐了。

但靖子卻主動接受了這種屈辱。

甫自蜜月旅行歸來，切替便出現在靖子面前，告訴她這個婚是結錯了。他說他很後悔當初因為年邁雙親的哭求，加上自己也以為這麼做比較不會出錯，竟動念結了婚。

「結了婚之後才發現原來我最愛的還是妳。」

切替結婚當時，靖子還難過、委屈得吃不下飯。她是下決定不再相信男人了，但這會兒聽著男人這麼誠懇地訴說，儘管心想這時候還提這幹麼，但心裡倒未必覺得不舒服。

看來這人還是非我不可哩……

這個念頭似乎恢復了靖子曾受過傷害的自尊，喚醒了她沉睡心底的母愛。

一個禮拜之後，兩人舊情復燃。

於是切替和靖子又像從前一樣，下班後見面，一塊兒吃過晚飯後上飯店，十點過後才分手。每個星期一到兩次，飯店就在大久保附近的K飯店，次數和地點都和從前一樣。

而切替的態度也看不出是個有婦之夫。

有時在飯店待過了十一點、十二點，他也不急著回家。有時靖子故意作無理的要求，要他星期六或星期天出來見面，他也大方地答應了。有時甚至還會過夜。

「你太太不生氣嗎？」

「如果她能一氣之下說要分手，那倒更好。」

切替大話說得就像在說別人一樣。見他如此不在乎，靖子還以為他說他和妻子相處不睦的話並不假。

不知不覺間，靖子開始期待切替有一天會和妻子離婚，然後和自己結婚。

這只是一種期待，並不是個有十足實現可能的將來。但是一旦這麼想，這念頭便會加速地擴大，最後竟就開始以為這是當初約好了的。

靖子認為現在只是形式上暫時把切替借給他妻子而已。他終究還是會回到自己身邊。現在的情況只是在那之前的一種假象罷了。

對一直以為他討厭妻子、婚姻生活遲早要破滅的靖子而言，他和他妻子之間竟然要生孩子的消息簡直是晴天霹靂。

一開始從朋友口中得知這消息時，靖子還懷疑是不是張冠李戴了，即使聽了第二遍，她還是以為對方是有意揶揄自己。直到另一個朋友說出同一個事實之後，她這才信了。

當靖子責難切替不誠實時，切替的回答是靖子是在知道他結婚的情況下繼續交往的，這會兒不該因為他有了孩子而鬧脾氣。乍聽之下這話似乎有幾分道理，但事實上只是男人這邊太過自以為是的歪理。

靖子之所以會容忍切替結婚，是因為她以為他最終還是會和妻子離婚，因為她以為現在的情況只是暫時。若是永遠如此，自己是不可能會容忍的。

而今又有了孩子，那麼情況自又大大不同了。

因為這就代表了一個新的家庭的成立，夫婦間又有了牢不可斷的紐帶。從此切替不單是個丈夫，他同時又主動背負了身為父親的新的責任和義務。

仔細一想，靖子所感受到的切替的魅力，原是來自他那不帶絲毫有家室的味道、看上去既瀟灑又有活力的特點。由於這是大夥兒所公認的，因此又有人說他是個有手腕的人。這樣的人居然會在家裡和老婆一起盯著娃娃看看得入迷，光想到他這個模樣，靖子就覺得想吐。原來他也不過是個平凡男子罷了。對此，除了有種夢碎了的遺憾之外，對自己竟蠢到一直以為只有他才是與眾不同這一點也感到有些怒氣。

和切替結婚終究是個不可能實現的夢。

讓自己抱著這種期待的切替固然可憎，輕率期待的自己更是可悲。

靖子對切替的依戀也就在這個時候徹底了斷了。

聽說切替生了個女兒之後兩個月，靖子辭去了工作。回到父母身邊閒晃了一個月後，又用了辭職金和所有積蓄到國外去旅行。

她沒有打算什麼時候回國，反正沒錢花時就是該回國的時候，不過身上有的也不是太多。至少是能花上一個月，如果省吃儉用些，加上住在朋友家的話，應該可以再延一個月左右。

且不管什麼觀光，靖子就只是想遠離日本。說得正確些，也就是想遠離切替。

因此，在阿姆斯特丹工作，暫時落腳下來，並非出自靖子自己的希望或是計畫。說穿了，只是為了要忘了切替，而這個願望最後竟就成了這樣的結局罷了。

雖說這兒有朋友，但身在異國總是寂寞。在東京時固然也是形單影隻，但只要願意，花兩個鐘頭也就可以回靜岡見父母親了。儘管還是很少回去，可只要想回去，便能回得去。

但在阿姆斯特丹就不能這樣率性了。先別說時間了，光是費用就很驚人。

雖在異國，語言大致還算能夠溝通，日常生活也沒有什麼不便，但若要說更上一層的心與心的交流，則還是遙不可及。沒法像在日本時，一旦有需要，便能得到足堪倚靠的安全感。

不過，生存上並沒有什麼障礙。再說，在這兒的一個最大的好處便是可以完全不必想到切替。更何況也有男人對自己表示好感，儘管關係還不很明朗。這些人雖然在語言、膚色上都不一樣，但在一起玩倒還是挺愉快的。

終究還是能把切替給忘掉……

再過一年應該就夠了。不，現在有時一天裡連一次都不曾想起哩。不需要花上一年，也許半年或是三個月就夠了。

怎麼會被那種男人給吸引了？靖子有時回想起來都覺得很不可思議。而後又對能夠這麼清醒地重新審視過去的自己感到驚訝。

然而，和切替的事真能把它當作往事割捨掉嗎？他的殘渣真的已經沒有了嗎？自問之下，靖子也沒有自信。

她懷疑自己是不是對自己撒謊，或是硬逞強。

儘管如此，這幾個月以來，靖子終於漸漸不再夢見切替了。就算偶爾夢見，也不再有從前醒過來之後的那種椎心之痛了。對此，靖子感到一絲寂寞，以及一點點快感。

三

「靖子，要不要一起去逛街？」

準下班時間五點時，約翰娜停下正在打字的手說道。

「買東西……」

「妳不是說妳今天晚上沒事嗎？」

「我是說過……」

「那就走囉！」

約翰娜站起身來，往房間右邊角落的櫃子走去，開始為下班作準備。知道已經過了五點，松崎也開始收拾桌子。

靖子站起身，望出窗外。霧中光影點點。

「怎麼了？快點穿外套呀！」

「今天是十二月二日吧？」

「是呀！」

「往巴黎的班機最晚到幾點？」

「妳要去巴黎呀？」

「不是，我不去。」

靖子明確地否認道，跟著走近櫃子。電話一響，松崎便接去了。好像是個日本朋友打來的，說著說著就說起日本話來了。而二十分鐘後才從外頭回來的漢克輕輕揹過肩，率先下班走了。松崎則像是有愉快的約會似的，邊哼著日本老歌邊開始準備下班。

「再見！」

「辛苦了！」

約翰娜及靖子兩人和松崎互相招呼之後，走出公司。

五點一過，下了班的人一塊兒從建築物裡蜂擁而出，騎自行車上班的人穿梭在車與車之間。

「我想買件有毛皮的外套。」

兩手插在口袋裡，約翰娜說道。她的外套只是厚棉質地，不是毛皮。而且袖子和下襬的邊都有些磨破了。

「要上哪兒去？」

「卡爾巴．史特拉怎麼樣？當然不是非今天買不可。」

兩人穿過公司所在大樓旁的小巷子，走上運河邊的路。相較於大路上的匆忙街景，這榆樹夾道的運河邊顯得十分靜謐，載運觀光旺季的觀光客的鑲著玻璃的船也被套上罩子，繫在岸邊。

「霧好大呀！」

「嗯！是很大。」

運河對岸人家的燈火在霧中顯得更大了。

「今天晚上飛機會飛嗎？」

「飛機？飛機跟妳有關係嗎？」

「沒有，只是有點掛意。」

「沒問題，史基堡機場的設備世界一流，這樣的霧不要緊的。」

突然想起來似的，約翰娜看了看天空。被霧給遮蔽了的夜空，只有有亮光的地方看得出霧在飄動。

過了橋，兩人穿過皇宮來到達姆廣場。

「聖尼可拉斯日要做什麼呀？」

大步通過廣場的十字路口，約翰娜問道。

「什麼做什麼？」

「跟男朋友呀！」

「還沒想過呢！」

「我要和他吃飯，然後去跳舞。我打算送他錶鏈。」

「很好哇！」

約翰娜和一個大她三歲、在市裡保險公司上班的男人同居。她稱他為未來的老公，這是北歐常見的未來丈夫，亦即先行同居，如果彼此合適再行結婚。

「靖子是要和克里斯見面吧？」

「還不知道吔！」

「還是妳另有日本男友呀？」

「難說喔！」

聽見靖子這局外人似的回答，約翰娜聳了聳肩。

克里斯是義裔的荷蘭人。個子小，個性開朗，舉凡吃飯或跳舞他都一派自然，很讓人覺得愉快。但總歸還是一副游手好閒的樣子，安定不下來。

他在運輸公司上班，在靖子進公司的第三天送了傳票過來。初見面時，便直誇靖子，「太漂亮了！太迷人了！」當下就約了她。剛開始還滿有意思、滿帶勁的，約過幾次之後，靖子開始對他那略嫌誇張的表現感到厭煩。而且除了自己之外，他的女朋友是數不勝數，工作上也不能說是頂認真。

再怎麼開朗，工作不認真的男人就是不要……

儘管距離日本這麼遠，靖子還是用日本的看法看男人。

卡爾巴·史特拉的入口綴飾著彩燈，從黝暗的皇宮走過來時有那麼一剎那頗讓人困惑。

在寬二十公尺的道路兩旁羅列著紳士、仕女用品的一流專門店，那裝點得五彩繽紛的櫥窗吸引著過路行人的眼光。這地方或者也可稱作阿姆斯特丹的銀座罷。

這條路上的店和百貨公司一樣，一般都在下午六點時打烊。本以為店這麼早打烊的話，晚上就沒有人會路過這兒了，沒想到到了七、八點還是照常人來人往。商店似乎也知道這一點，因此特地擴大櫥窗，然後在看上去頗吸引人的物品上標上不二價的標籤，展現出各種不同的情調。人們一邊慢慢地瀏覽櫥窗，一邊作考慮，等到大致有個定案之後，再利用空閒去買。靖子剛開始覺得這樣挺不方便的，習慣了之後倒也能夠看看便了事了。

不過，再怎麼悠哉的店老闆在進入十二月的旺季之後，也沒法擺這麼高的姿態。當然，這同時也是應顧客的要求，總之進入十二月之後，在聖尼可拉斯華誕的前幾天開始，有許多家店的營業時間延長約三個小時，直到九點才打烊。現在正值這段特別時期。

一看到仕女服飾專門店，不問是路的左右哪一邊，約翰娜都避開人潮去看櫥窗，看得鼻子幾乎貼著玻璃。

「我喜歡那種顏色的毛。」

鹿皮長洋裝的領口深深地嵌著灰色的毛。

「那是什麼毛呢？」

「是不是銀狐呀？」

「四百五十六基爾德。」

唸過價錢，約翰娜蹙起眉來，以她的薪水來說是太昂貴了。

「我倒是領口有毛就可以了。」

邊遺憾似地說著，約翰娜邊朝對面的店走去。在明亮的櫥窗前的路邊，吉普賽人從袋子裡拿出金屬物品擺在木架上。是一些設計誇張的哥德式的首飾。

架上寫著：「大的三基爾德，小的兩基爾德。」寒空下，沒有急事的人站著參觀。

「這件咖啡色的怎麼樣？」

約翰娜看也不看吉普賽人，只盯著櫥窗右邊。

「兩百五十六基爾德吔！」

「我覺得不錯。」

「進去看看吧！」

推開門，約翰娜正待走進店裡。

「約翰娜，不好意思，我先走一步了！」

靖子推推約翰娜的手臂說道。

「回去？為什麼？」

「我突然想起來有件事，今天有朋友要來。」

「呃，那可糟了！你們約幾點？」

「七點，還來得及。」

「那我就一個人看好了，拜拜！」

「拜拜！」

輕輕舉起手，約翰娜推開店門，直到她高高的身子消失在玻璃門內，靖子這才移步。

路上依舊人潮不斷。雖說四周亮晃晃的十分嘈雜，但由於這兒車輛禁止進入，因此人潮的流動顯得十分緩慢。

走進人潮中，靖子看了看手錶。五點三十分，右手邊有家電影院，電影院前是個咖啡店。在面對馬路的這面玻璃窗內，坐了個正吃得滿嘴烤牛肉的老太太。走到玻璃窗中間，停住腳，又折回去走進咖啡店裡。

店裡擠滿了下班的人。靖子在老太太斜對面的位子坐下，點了咖啡。中午雖然只喝了豆子濃湯，但還沒有食慾。老太太站起身，拖著窄長的購物盒走了出去。

咖啡送來時，靖子又看了一次手錶，五點四十分。

「要加牛奶嗎？」

「謝謝！」

女侍倒過牛奶後離去。玻璃窗外，人潮不斷。一對年輕情侶走出去，跟著一個媽媽牽著孩子也走了出去。孩子穿著和媽媽一樣的栗色外套，頭戴連著圍巾的帽子。

等到這個孩子消失在人潮中，靖子又從包包裡拿出信來。

……巴黎只在當天過一夜，三日便得到貝魯特去。……容我作無理的要求，能否請妳到巴黎來？……

看到這兒，靖子又畏怯了似地把信收到信封裡，然後閉起眼睛。

黑暗中，靖子告訴自己。

現在去見切替又有什麼用呢？他和他太太已經有了孩子，肯定是愈來愈不可能分開了。倘若真要和他太太分手，像切替這麼仔細的人，應該就會寫在信上，雖說是陪部長來，但能夠一起來，也足見工作上是滿順利的。

不過，撇開這些不說，一個男人要求自己從前拋棄的女人到巴黎來見面，這到底是什麼意思？說是說想見一面，其實不過是出於想在旅途上和從前的女朋友過上一夜這種自以為是的希望罷了，不是嗎？不！也許連這樣都還不是呢！也許只是因著出外旅行的解放感，這才想和過去相熟的女人做愛，過那麼一夜，如此而已。

我不是他的情婦。從前且不管，現在就算是沒有他也能活下去。已經很少想起他了。即便曾受過傷害，現在也都已經痊癒了，沒留下半點痕跡。一切都過去了。都過這麼久了，切替還以為只要寫封信，我就會飛到巴黎去嗎？他還以為我仍像從前一樣愛著他嗎？快別說傻話了。我才不會上那種自私男人的當呢？我才沒那麼好說話呢！

點了個頭，靖子慢慢睜開眼睛。路上依舊人潮不斷。不知是不是因為霧下得大了，玻璃窗上淌著水滴，水滴流過的地方讓對面那頭看來格外醒目。

靖子啜了一口咖啡，又看了手錶，五點五十五分。不知道約翰娜決定買哪件了沒有？還是仍在逛櫥窗？環顧店外，不見她的蹤影。

要不要打個電話到機場去呀？

剎那間，靖子的腦海裡浮現了這個念頭。沒有一點脈絡，純粹只是一個突然浮現的念頭。然而一旦浮現，便實實在在地占據了靖子的心。

又不去巴黎，問班次做什麼？靖子冷靜地打消這個剎時浮現的念頭。別節外生枝了！她想。只是一打消，立刻又浮現了另一個念頭。

既然不去，問問又有什麼關係？

再次喃喃自語之後，靖子站起身來。

公用電話就在洗手間的入口處。阿姆斯特丹六四五四二一，鈴聲響了一次，便傳來一個年輕女子的聲音。

「史基堡國際機場。」

「喂！請問這之後往巴黎的飛機幾點開？」

「請稍等！」

配合靖子的英語，接電話的女子不說荷蘭語，改口說英語。

「有 KLM 二十點起飛的四〇九航次，還有同樣是 KLM 的二十點五十五分起飛的九一七航次兩班。前一班停巴黎的布魯傑機場，後一班是歐魯里機場。」

「霧好像很大，時間不會延後嗎？」

「接下來要起飛的十八點五分這一班預定延後十分鐘。」

「謝謝！」

回到座位上，靖子發現右邊原本空著的位子坐了一對老夫妻。

喝了口冷掉的咖啡，靖子看了看手錶。六點十分。

這之後還有兩班飛機開往巴黎。如果搭下午八點的班機，從阿姆斯特丹市區到史基堡機場車程要花二十分鐘，這麼說，最晚七點就得出發。

如果真想去，靖子大可以說去就去。今天早上出家門前，為怕萬一，還在皮包裡放了護照和錢。阿姆斯特丹到巴黎要五十五分鐘，來回兩百基爾德也就夠了。靖子在皮包裡放了自己存下來的三百基爾德。

十二月的巴黎和阿姆斯特丹的天氣差不了多少。今天身著針織洋裝，外加一件藍色天鵝絨的長裙，巴黎會比這兒暖和些，這樣穿應該夠了。

還剩不到一個鐘頭……

聽見自己這麼喃喃自語，靖子吃驚地用手摀住嘴。

這到底是為什麼呀？明明是在確信自己不想去的情況下才打電話問機場的，這會兒卻開始說要去了。

到底是在幾分鐘之內改變了想法，抑或是在問班機時間時才起了這個念頭的？儘管只是一剎那，靖子對起了想去的念頭的自己感到嫌惡。

老夫妻邊喝著啤酒，邊湊著頭說話。兩人說的荷蘭語靖子不是很懂，聽來彷彿是在最近買的皮包一事上意見不一致。

靖子住在靠近中央市場的漢德里克・史特拉。和機場正好是反方向，屋子是向一對靠著退休金過活的老夫妻租來的二樓一個房間，以日本式來說約有六張榻榻米大，租金兩百基爾德，兩萬塊日幣不到。家具當然是附了，一個嵌裝的櫥子、一張床，還有一張椅子，以靖子就地錄用的薪水來說並不算便宜。

星期六、星期天或是假日，靖子有時會找日本朋友來在家裡燒飯吃，但平時的民生問題幾乎都在街上便宜的咖啡店裡解決。

她的房間就像個女孩兒的房間，房裡掛著林布蘭的複製畫，床的上方還掛著娃娃，由於這二樓面向中庭東側，所以只有早上兩、三個鐘頭照得到陽光，房裡暗得在多霧的十二月裡就連大白天也得要開燈。夜裡一個人回到家，等著自己的就只有黑暗中沁冷的空氣。

隔壁這對老夫妻還談著。窗外的人潮也照舊。靖子看看手錶，六點二十分，她終於站起身來。

只要沿著來時路回到廣場，從那兒搭上電車的話，家也就不遠了。登上木梯，推開重重的門，眼前便是自己的城堡。只要待在那兒，沒有任何人會侵入，可以隨心所欲。房東夫婦、鄰居們什麼話也不會說。靖子打從心底珍愛這分不被干涉的自由。

但她這會兒並不想回家。這之後穿過中庭登上樓梯。嘎吱打開門後，走進屋裡，按下開關，點亮周圍的裝飾都起了毛的舊式燈，整個房間就在沁冷的空氣中浮現出來。

早上臨出門前脫下的睡衣給疊在床上，梳過頭髮的梳子擺在鏡前。想當然耳，晚上的房間也會和早上出門時一樣。已經在這個既暗又冷的房間日復一日地過著同樣的生活好一段時日了。靖子這會兒還不想回那個地窖。

走出咖啡店，過卡爾巴・史特拉更往東走。兩旁的櫥窗、錯身而過的人們，現在的靖子都沒有興趣。雖則如此，倒也不知道該往哪裡去。

她後悔半路上和約翰娜分手。和她在一起的話，這個晚上或許會過得比較愉快。而且或許也不必再去想飛機的事。

往左一轉，呈現在眼前的是個喧鬧的十字路口。電車和車子的聲音從那兒流洩過來。

彷彿要逃開這聲音似的，靖子往右一拐，又走上運河旁那條路，方才剎那間就在身邊的噪音因而遠離，敏特塔暗暗地浮現在被街上的霓虹燈給染紅了的夜空中。霧比離開公司時起得更大了，就連運河水面也都幾乎被吞噬了。

走了一個區，靖子渡橋走上一條亮路。照理說，應該是已經逃離喧囂了才對，不想不到十分鐘便又走回人潮中。從這兒再渡過三條運河就是萊茲廣場了。雖說是三條，但這運河交織如網，走快些的話不必花上十分鐘，不一會，前方一片開闊，廣場就在眼前。

廣場四周的建築看上去十分明亮，中間反倒顯得暗。橫越過石階，靖子來到航空公司的營業處前。透過玻璃窗，可以看見巨無霸客機的模型和大廳，門是關著的，卻不見半隻人影。

沿著大廳的玻璃窗往右走，靖子走上一條有酒吧和深夜俱樂部的路。「哈梅魯斯」，盯著那霓虹燈好一會，靖子這才推開嵌在磚牆上的門走進去。

走進店內，右手邊有兩個小小的包廂，跟著便是吧台，經門口直伸入屋內。這家店窄而深長，吧台前早已坐滿了人，其餘的客人則都站在他們身後喝。點唱機傳來了尖銳的音樂聲，整個店裡煙霧瀰漫。客人大多是年輕人，有的跟著音樂唱歌，有的和情人情話正濃。

「您喝點什麼？」

擠在吧台客人中間，一個看似親切的圓臉男人伸出臉來。正是店老闆雅非。

「日內瓦！」

「好！今天沒跟克里斯一起來呀？」

「沒有！自己一個人。」

「那可無聊了！」

輕輕一笑，雅非轉向酒櫃拿酒。

靖子和克里斯來過這家店許多次了。店裡因為都是年輕人的關係，非常地嘈雜，但習慣了之後，感覺竟還不壞，而且喝的也便宜。一個人只要喝上十塊基爾德，也就能有些醉意了。

這陣子靖子多半都喝日內瓦，剛開始是在克里斯的強邀下勉強喝的，但這陣子單分可以喝個兩、三杯。什麼時候開始這麼能喝的已經想不起來了，總之剛喝下喉時那種辣燙的感覺很難受。

但喝了三杯之後，便開始覺得飄飄然了，開始忘了自己正身處在荷蘭這個遙遠的國度，周遭的人們看上去都像是自己的同胞，會和男人們勾肩搭背，一起唱歌，甚至還配合著旋律扭動上半身，用手敲吧台。在日本的那些日子全都消失到遠方去了。

配合著點唱機的曲子，大夥兒一塊唱著「歐瑪蜜！歐瑪蜜……」整個酒吧隨著音樂舞動了起來。

「下一杯我請妳！」

站在身邊的一個男人用英文說道。男人身上穿著一件褐色工作服。

「不了！我得馬上走了！」

「我叫楊。還早嘛！讓我請妳喝一杯嘛！」

「我喝一杯就夠了！」

「不然我們到別的地方去喝好了！去舞廳也可以呀！」

「不了，我真的得走了！」

「反正妳也是一個人嘛！我也是呀！個別行動多無聊啊？」

「我不是一個人，等會我和人約著見面。」

「真的嗎？妳剛剛不是才跟雅非說是一個人而已？」

「那是我的自由。」

「喂！給她來杯日內瓦！」

「夠了！」

在吧台上放了兩塊基爾德之後，靖子朝門口走去。

「什麼嘛！特地叫了一杯給她還這樣。」

男人的怒罵聲淹沒在音樂聲中。

冷空氣再度迎面襲來。霧更深了，就連五、六公尺前的霓虹燈也顯得模糊，靖子又從萊茲廣場往運河的方向走。

我看起來這麼需要男人嗎？看起來這麼想讓人請一杯日內瓦嗎？我沒有理由讓那種男人同情。

對來酒吧的年輕男人我沒有興趣。也沒輕浮到只消一杯日內瓦就和男人搭上。男人都太自以為是了。他們只想到自己的方便，女人若是不配合，就自個兒生起氣來，別瞧不起人了！我雖然不是歐洲人，但教養和知性可是一點也不輸給他們。語言能力是還不夠，可腦袋也絕不在約翰娜之下，別以為歐洲就等於全世界了，靖子真想這麼大叫。

突然間，喇叭聲大作，一部車子緊急剎車。

「這可是紅燈耶！」司機從車窗內探出頭來，還揮舞著拳頭，濃霧讓司機的神經比平日緊張許多。

讓車子通過後，靖子立在街燈下看手錶，七點二十分。

八點的班機已經趕不上了。不過後頭還有一班八點五十五分的。切替是不是以為自己會搭這兩班中的其中一班去找他，這會兒正在飯店裡等呢？

不過，說起來這男人還真厚臉皮哩！兩年前拋棄我和別的女人結婚，連孩子都生了。即使是碰巧來到歐洲，也大可不必聯絡呀。

若是要緬懷往事，自己緬懷就好了嘛。若是想要和女人一夜溫存，那就拿該拿的錢出來，找那種「見多識廣」的白種女人不就得了？我既不是那種人，現在也不喜歡他。別老以為我還是從前的我。

霧只一個勁兒地深，一點兒也沒有放晴的意思。

穿過廣場，靖子再度步上運河邊那條路。只消拐進一條路，車聲、人聲便都遠遁，石路上只有腳步聲跫跫作響。

來到運河的橋前，靖子停下腳步。橋頭的石路上有兩隻人影，人影就在霧中肩靠肩緊摟著，一動不動。

見狀靖子改變主意不想直走下去，遂沿著來時路重回萊茲廣場。車流、人潮仍舊以同樣的速度流動著。眼前正巧有個計程車招呼站，並排著三輛計程車。靖子敲了敲第一輛的玻璃窗。

只見司機笑臉相迎。

「請問您到哪裡？」

「史基堡機場。」

語畢，靖子驚訝地環顧四周。

但車子已穿過廣場，朝著電車走的橋飛奔而去。

「您是要上哪兒去是嗎？」

「不是。」

「那麼是接機囉？」

「嗯！」

隨口敷衍司機的問題之後，靖子告訴自己。

我不是要去巴黎，只是太閒了，才想到機場去看看。只要去過一趟機場，我就滿足了，我是為了讓心情平靜下來這才搭上車子的。

穿過市區，車子奔上往史基堡機場的高速公路。

霧在車燈光中打轉，雨刷則刷著濡濕了的車窗。

「今天晚上不知道是不是正常起飛哩！」

「沒在飛嗎？」

「出發應該是還可以，不過若是不能降落，那自然是不能飛囉！」

「巴黎也是嗎？」

「小姐您要上巴黎呀？」

「不是。」

靖子連忙搖頭，跟著將身子往後靠。對面來車的車燈在夜霧中化成小點，在交會的那一剎那，又化成朦朧的光球漸漸遠去。

「機場會因為大霧而關閉嗎？」

「最近地面的機械很優良的，應該還不至於吧，不過這種事一年總會發生一、兩次。」

「那今天晚上……」

「這就不知道了。」

機場乾脆關閉算了。這麼一來，既不必上巴黎去，也不必猶豫了。除了自己的心情，若再有別的理由，這個理由還可以接受。

看著暗暗的窗，靖子這麼告訴自己。

我如果沒去，他一定會慌得不知如何是好。本來還滿心以為我會去，這下子讓他跌破眼鏡，肯定會大怒的。生氣、驚慌、遺憾，然後就會了解我已經不再需要他了，他如何又如何，已經不關我的事了。

忽地，黑暗中現出紅、綠、藍各色的光粒子來。

四

穿過一路夜霧，機場大廳浮現在一片亮光之中，靖子立刻走到大廳中央的起降告示板前。

KLM九一七航次，二十點五十五分起飛，目的地巴黎，B二十七號門登機。

在預定飛往各地的班次中，這一班飛機名列第二。而大廳中央的大時鐘顯示的現在時刻則是八點二十分。

如果真要去，這會兒就得趕緊買票了。邊這麼想，靖子邊在電動告示板前的沙發上坐了下來。

眼前，人們往來頻繁。有人拖著大型的行李，也有人只在手裡提著。有個少年跑向鄰座一個母親這兒，直對著她說話。少年的手裡還提著一個小小的袋子。或許是因為既是觀光淡季又是晚上罷，偌大的機場大廳裡沒有一個人看似來自日本。

靖子從外套口袋裡掏出菸來，點上了火，菸是兩年前切替教會抽的。剛開始有點半開玩笑似地一天抽個兩、三根，現在一天得抽上一包。

盯著煙飄的方向，靖子想著正在巴黎的切替。

只要在告示板前的櫃台買票，一個鐘頭就到巴黎了。從歐魯里機場搭計程車，也只消兩個鐘頭就到得了切替住的飯店。巴黎其實就在眼前，而切替就在那兒等著，兩人可以漫步香榭大道，吃個晚餐，然後回飯店去。一個讓切替擁抱的暖夜就等在那兒。

眼看著中央的電動告示板飛快地翻動，飛往巴黎的九一七航次已經名列首位，表示即將出發。告示板下，兩個修女仰頭看著。

靖子又看了一次手錶，八點二十五分。

我只是上機場來而已……

彷彿為了掩飾心急似地，靖子一口接一口地抽菸。最好告示板上的那一行盡快消失，搭不上也就算了，只要連這最後的可能性都沒了，心裡反而就能輕鬆下來，希望它盡快消失，別讓我一顆心懸在那兒。直到感覺指頭燙了，靖子才把菸給熄掉。

這時廣播聲響。

「KLM，九一七航次，二十點五十五分起飛往巴黎……」

這之後便聽不太懂了，靖子於是屏氣等待荷蘭文之後的英文說明。

「……由於濃霧的緣故，也許將暫停起飛。」

就在這一瞬間，靖子站起身，筆直地朝著 KLM 櫃台走去。

「往巴黎的班機不飛了嗎？」

「因為霧很大，現在還不知道什麼時候才能起飛。」

「可是還是會飛吧？」

「這就不知道了，因為霧實在太大了。」

繫著水珠花色領巾的地勤人員將視線移向大廳外。窗外很暗，只有停車場的水銀燈依稀可見。

「上一班走了嗎？」

「起飛了，應該快到了吧。您要搭九一七航次的班機到巴黎是嗎？」

「是的。」

「那麼票呢？」

「還沒買。」

「那就請您先買票，然後到B二十七號門那兒去等。」

買過票，靖子過了海關走進中央的候機室。看來這場大霧似乎已經延誤了許多班機，只見候機室裡還有很多人，簡直不像晚上。靖子在靠窗的沙發上坐下，看著外頭。平台上的燈光，停機坪上的飛機，藍、紅的航空標誌，這一切在濃霧之中都顯得模糊、閃爍。

為什麼不早點來呢？……

後悔一點一點地在靖子心中萌芽。

六點也好、八點也罷，只要想去，搭哪一班都能去嘛！如果不陪約翰娜……不！就算陪了吧，在那之後不去什麼「哈梅魯斯」，或者去了之後不再去什麼萊茲廣場，直接搭上車的話，也許就去得成了。

只要能搭上上一班，這會兒就該到巴黎了。一到巴黎，立刻搭上計程車的話，再過二、三十分鐘也就能見到切替了。

靖子又掏出一根菸來。

「請！」身邊一個男人將已經點著的打火機湊了上來。

「謝謝！」

「上哪兒去呀？」

「巴黎。」

「我也是，不過好像去不成了！」

男人大約三十五、六歲，穿著一件黑色毛衣，外頭一套咖啡色西裝，看上去像是荷蘭人。

「這場霧大概是今年最大的吧。」

「再大也能飛不是嗎？」

「聽他們地勤人員說，要起飛非得有某個程度的視野才行，再說巴黎也在起霧。」

「真傷腦筋！」

靖子看著幽暗的室外。濃霧彷彿籠罩了整個歐洲。

「想也沒用的，可以的話請妳喝杯咖啡好嗎？」

「不！我要在這兒等。」

「那太可惜了！」

男人輕輕地點點頭，跟著便往右手邊的咖啡店走去。

霧完全沒有散去的跡象，看著燈光，就看得出濃霧仍舊不斷地飄進來。

他瞞著孩子的事，會不會是出於對我的一番體貼呢？……

出乎意料的想法忽地掠過腦海。

廣播聲再度傳來，靖子不由得站起身來。

「九一七航次往巴黎的班機取消。」

剎那間，乘客中有人發出「噢」的嘆息聲。

「非常抱歉，關於退票……」

一聽到英文廣播，靖子目不斜視地立刻直衝到入境大廳去。走出外頭，發現四周全被霧給包圍了。

「阿姆斯特丹！」

計程車司機點點頭，跟著發動引擎。靖子什麼也不看，只緊閉著雙眼，將身子深埋在椅背裡等著時間過去。

只有單調的引擎聲還持續著。

靖子車抵漢德里克・史特拉的公寓是九點十分。回到房間，只覺得全身疲累不堪。打開房間開關，靖子連外套也沒脫就趴倒在床上了。

現在的靖子什麼也不願想。只要一想，悔意會立刻潰堤而出。真想見他！而一旦潰堤，便會是一陣無從收拾的混亂。這會兒只有把頭埋進被裡，拚命忘掉今晚的事，靖子現在只能這麼做而已。

房間裡靜極了，靖子只要不動，便一點聲響也沒有。夜竟也躲在石造的公寓裡。像攀附在裸岩上的貝一樣，靖子緊靠著床，連根手指頭也沒動，她縮著身子，像是很冷似地縮得小小的。

我想回日本……

黑暗中，父母的身影浮現出來，東京街道又橫穿過去，看著這影像，靖子想就此睡去。

不知經過多久，鈴響了起來。

畏怯似地，靖子抬起頭，確定那是枕邊電話的鈴聲之後，這才拿起話筒。

「喂！」是個年輕小姐的聲音，「阿姆斯特丹，一九二七七六三，田坂小姐是嗎？」

「是的。」

「你有通巴黎的電話。」

「巴黎……」靖子輕輕叫道。

「喂！」

是切替的聲音，沒錯！直到一年前，每天都聽到這個聲音，這聲音與其說已溶入腦海，倒不如說早已溶入體內了。

「怎麼了？怎麼沒來呢？」

大概是很靠近話筒罷，切替的聲音聽來很響。

「等妳好久，從傍晚就一直在等了……」

「……」

「聽到了吧，妳在聽吧？」

「嗯！」

「因為實在太晚了，所以我就打電話到機場去問，一聽說最後一班飛機由於大霧無法起飛，我就知道來不及了，我只有今天晚上而已，妳為什麼不來呢？」

切替的聲音尖得像在大叫。

「太可惜了，真太可惜了！」

「……」

「妳是因為大霧才來不成的吧？妳本來準備要搭最後一班的對不？」

「不對！」

「不對？」

「我打一開始就不想和你見面了。」

「妳……喂！」

「別叫得那麼隨便，我和你已經沒有瓜葛了，早就把你給忘了！」

「喂！妳是不是又喜歡上別人了？已經把我給忘了？」

「你還以為我永遠都只想你一個人嗎？」

「倒不是這樣，只是我們……」

「別開玩笑了！你倒真好騙哩！」

「妳變了！變太多了！」

「我要掛了！」

「再說一下嘛，再和我說一下嘛，我也有好多話要對妳……」

「算了！」

就在這時，靖子放聲大笑，跟著放下聽筒。

大笑之後，房間又恢復原來的靜謐。靖子環顧四周，總覺得方才從自己口中發出的大笑還留在屋內的某個角落。白而高的天花板、嵌入式的櫥子、書桌，都靜悄悄地待在和早上出門時一樣的位置。望出窗外，石砌的中庭裡也只有黑暗和椎心的冷冽。

從窗邊退回來，靖子知道自己的臉正映在壁爐上頭的鏡子上，房東老太太曾經自豪地表示這壁爐和鏡子都是在七十年前房子落成時便嵌進去了的。鏡子裡這會兒有張皺巴巴、且淌著淚的臉，有張大笑後立刻大哭的臉。有個女人在鏡子前哭泣。沒有人會笑她，也沒有人會幫她，望著這張扭曲的臉，靖子知道自己現在正孤伶伶地身處於歐洲椎心的冷冽中。

甜蜜入眠的邀約

一

「喂！我好像又有了！」

「什麼呀？」

「那個呀！」

聽到千鶴子這麼說，西谷將目光從電視上移開。正在播放的是洋片，西谷還在念大學時看過一次，是一部以羅馬為舞台的公主的戀愛故事。西谷也喜歡主演的這個脖子長長、身子纖瘦的女星這種型的女孩。

而眼前這個正在逗著貓玩的千鶴子也是骨架子小、纖纖瘦瘦的，很像那個女星。不過那個女星有張大眼睛的可愛臉龐，反而讓人感受到一股高雅、清純的氣質。

和身材線條一樣，千鶴子的臉也瘦長、鼻樑也十分挺直。近視眼的關係，看遠處時總是瞇著眼，彷彿光線極刺眼似的，而這反而顯得有女人味。

只見她眼神略帶羞澀地抬頭看著沙發上的西谷。

「什麼事呀？」

西谷再次不明所以似地問道。但事實上他已經大致知道千鶴子想要說些什麼了。每當她想告訴自己這件事時，總是用這方式開口。

「我不是跟你說過這陣子乳房會刺痛嗎？五月之後，那個也沒來，我就覺得好奇怪。」

這時，西谷點了根菸。

「那就沒錯了是嗎？」

「因為已經一個月沒來了，而且我只要一懷孕，臉就會瘦下來，怎麼辦？」

千鶴子將原本一直在逗著貓玩的手放到自己的兩頰上。

只要一懷孕，千鶴子的臉便會瘦下來，眼梢也會跟著往上吊。她的臉原本就不是很豐潤，這一來顯得更骨感了，千鶴子這會兒的確如此。

「又來了！」

「你怎麼這麼說呢？」

「因為妳不是前不久才拿掉而已？」

「十月啦！」

「那就是半年前嘛！」

「現在已經是五月底了啦！」

「半年多一點吧！」

半年也好，七個月也罷，在西谷看來都一樣。

「再到村井那兒去吧！」

「去那麼多次，好丟臉喔！」

「可是總不能放著不管吧？」

「村井」是家位在澀谷的婦產科，那兒的院長村井高士和西谷是高中同學。千鶴子在西谷的介紹下，已經在那兒墮過兩次胎了。

「那這次換別的地方好了。」

坦白說，西谷也覺得有點負擔。村井和自己是老友了，只要相託，他是輕易地就可以悄悄幫自己這個忙，但在不到一年的時間裡就墮了三次，次數是有點太多了。

上次墮胎時只打了電話跟他說，當時就被他賞了一句：「你可真夠力哪！」不知是奚落還是諷刺，再託他一次的話，真不知道又要說出什麼話來。

「妳有什麼地方可想嗎？」

「我是聽說自由之丘那兒有家不錯的醫院。」

「有點遠哩！」

從千鶴子住的青山到自由之丘開車也得花上將近一個鐘頭。

「聽說很新很漂亮，小絲也在那兒拿過。」

小絲是和千鶴子同在銀座一家店裡上班的女孩。

「不過只是要拿個小孩，沒必要去那種地方吧？」

「只是要拿個小孩？這可是很嚴重的！」

「知道啦！」

西谷說得輕鬆，其實是不放心讓千鶴子上陌生的醫院。

「還是到村井醫師那兒去吧！」

「是呀！」

都已經去過兩次了，村井對千鶴子一定很清楚的。再加上又是朋友，大可以放心。

每當千鶴子去墮胎，西谷總是擔心有個萬一。

墮胎手術原則上需要配偶的同意書，但實際上不太有醫院會找麻煩的。不過他們倒是會問萬一有緊急狀況時的聯絡電話。千鶴子總是報上西谷的名字和公司的電話號碼。

千鶴子第一次去墮胎時就告訴他：

「我會把你公司的電話告訴他們，有什麼事的話可要馬上過來喲！」

西谷有點不願意，可又不能拒絕。懷孕是兩個人的責任，對一個乖乖聽話去墮胎的女人連有個萬一時的聯絡電話都不讓她留也太無情了。

「萬一」這個詞兒一如字面所示，一萬次才會有個一次，是很少發生的狀況。儘管知道是這樣，每當千鶴子去墮胎時，西谷還是很不放心。

若是村井那兒，就不需要多擔心了。即使有個萬一，村井也會懂得聯絡的技巧。

「那你就打個電話給村井醫師吧！」

「妳什麼時候去？」

「我想就明天吧！」

「那麼快呀？」

「又不是去了馬上就可以動手術，總得要診療一下再決定手術的日子嘛！我想還是禮拜五或禮拜六做好了。」

「那我就這麼跟他說囉！」

西谷是有點不好意思，但心裡還是決定明天早上就給村井打這個電話。

「又要被那個醫師奚落了。」

「怎麼說？」

「上次我去的時候，他就說，我還在想妳是不是該來了呢。」

「他大概沒什麼意思吧！」

「話是沒錯，可是他總是邊看診邊聊天，說什麼西谷還好嗎之類的。」

「那妳怎麼回答？」

「我不能回答呀！我正在被診療，哪能說什麼呀。」

「這對他來說太稀鬆平常了。」

「就算是這樣，也沒必要非得在那種時候問嘛！」

「真是個怪人！」

雖然是醫生，但的確是若無其事地看了自己心愛女人的私處，對這樣的村井，西谷感到有些怒氣。

但氣歸氣，倒也是無可奈何。也許村井是為了不想讓診療的女人太緊張，這才聊這些話的罷。

「不過妳真是很容易懷孕哩！」

西谷再次盯著千鶴子瘦削的臉。

「真的吔！我自己也很受不了呢！」

嘴裡儘管這麼說，千鶴子倒沒有驚詫的表情。

「這樣總共幾次了？」

「七次了吧！」

千鶴子將眼睛往上抬，一副思索的樣子。

「因為自從跟你在一起以後，一年就拿兩次嘛！」

「和我之前拿過一次是不是？」

「那是很久以前的事了。」

兩手摟住正逗著的貓，千鶴子瞟了他一眼。

「感覺上就像是一年到頭都在懷孕一樣。」

「有一次嚴重流產過後，一直沒懷孕，我還以為已經懷不了孕了呢！」

「可是跟我在一起之後卻變成這樣。」

「我和俊哥你就好容易懷喲！為什麼呀？」

俊平是西谷的名字，不知從什麼時候開始，千鶴子就這樣叫他了。

「這我哪會知道？」

「我們一定是很合的。」

「太合了啦！」

西谷沒趣似地答道，但倒不是完全不同意。

「之所以會懷孕，也許就是因為我懂了『那個的快樂』吧！」

「太懂了啦！」

「你好壞！讓我懂的人是你吧？」

千鶴子抱起貓，貼著臉說道。

二

西谷初次邂逅千鶴子，是在三年前，札幌薄野的一家名叫「榆木」的俱樂部裡。

當時的西谷才三十九歲，卻已被拔擢為商業公司K公司的札幌分店長，隻身在札幌上班。也就是所謂的「札幌外放族」。

「榆木」在札幌是一流的俱樂部，它是幢獨棟樓房，且有著美麗的木紋裝潢，相較於一般大樓中的俱樂部，頗顯得與眾不同。

西谷因為常招待客人到這家店來，因而認識了千鶴子。她倒不特別會跟客人聊，但在陪酒女郎身上難得一見的斯文卻很教西谷動心。在這之前西谷不時會逢場作戲，享受單身的樂趣，並沒有特定的對象。

平日儘管時常和女人打情罵俏的，但西谷對自己真正喜歡的對象卻總是下不了手，他玩只是因為年齡和地位，並不是個天生的玩家。

西谷人雖世故，卻仍有誠實的一面，對這樣的他千鶴子也覺得親切。去過幾次之後，西谷終於鼓起勇氣邀千鶴子。而千鶴子也乖乖地順從，當然就和他發生了關係。

達成了一直以來的心願，西谷儘管是心滿意足，但最關鍵的行為本身倒並不那麼有意思。照西谷的感覺，千鶴子並不算敏感。雖然還不到冷感的地步，但也不算熱中。

「妳一直都是這樣嗎？」

做過幾次之後，西谷問她。

「到目前為止，我從來不覺得特別好吔。不過最近好像比較懂了。」

正如她自己所說的，交往了半年之後，千鶴子開始熱情了起來。對這樣一個一點一滴切切實實地學著體會那分愉悅的女人，西谷感到很滿意。

隨著交往日增，西谷也了解了千鶴子的過往。三年前，當她二十六歲時曾和一個上班族相親結婚、離婚，之後又接受一個傢俱商的照應，現在和那個男人已形同分手。當然，西谷等於是入侵的第三者。

但在兩人關係維持了一年時，西谷便被調回了東京。由於是公司的命令，自然是身不由己，不過新職位是總公司的機械工程部長，算是高陞。可是和千鶴子好不容易才混熟，西谷並不想離開她，於是在調職時便也開口要千鶴子上東京來。

起初千鶴子因為父母在身邊的緣故不大願意，但過了一個月，千鶴子還是追隨而來。

西谷為千鶴子在青山租了層公寓，還介紹她到銀座一家自己常去的叫「蒙得」的俱樂部上班。

瘦瘦的千鶴子看起來有些神經質，但個性卻出乎意料地穩重，同時還有著北海道女性特有的不怯生的大方氣質。也許就是因為這些以及她那討人喜歡的美貌罷，在那之後兩年當中她換了三家俱樂部，這會兒已經是銀座的紅牌了。

這段期間，千鶴子幾乎不曾有過外遇。只和一個叫K的客人有過兩次而已。

但這也是因為發現西谷偷腥這才採取的報復行動，似乎並不是真的喜歡上對方。所以一得知西谷和那個女人斷了，她也就和他分手了。

「怎麼樣呀？別的男人的滋味。」

言歸於好之後第一次做愛時，西谷問道。

「一點都不好！我還是非跟你不可呢！」

「是嗎？都跟人家一塊兒到京都去玩了，好像也不怎麼討厭嘛！」

「那是因為和他在一起時覺得快窒息了，這才要他帶我去玩的。」

「那下次要他帶妳到國外去玩好了。」

「不要了！我不要再和別人做了。」

「是嗎？」

「絕對不要了。我終於知道只有你才能滿足我。」

「真的嗎？」

「真的嘛！嗳！快點做吧。」

儘管偶爾偷腥，西谷最喜歡的還是千鶴子。雖說已經在銀座待了兩年，但她卻不世故圓滑，還是保有她原來的純真。這也許是她小樽海產批發商的良好家庭背景所致罷。

而且，這陣子千鶴子在性上面也有了極顯著的進步。

在札幌時，她幾乎不曾主動要過，但現在會積極要求。而且當她想要的時候，只見她屬於北國的白皙肌膚便總會給染成紅暈，再加上一臉不知該怎麼好的表情。

她要的方式像極了她養的貓，那貓總是先「喵」地叫一聲，跟著便用額頭在主人的手裡磨蹭。千鶴子也是「嗳」地叫一聲，然後將頭靠在西谷胸前磨蹭。

而西谷也總是故意等著這一刻的到來。做愛本身當然不錯，但看著她這樣焦急地靠過來的快感也不下於彼。

愈是讓她等，她便愈快進入狀況，而且還發出「啊……啊……」的聲音周到地配合西谷每一次的進出。高潮時也不大叫，只是拚命地忍著。

這種表現更刺激了西谷的慾望。

和從前那個幾近冷感的千鶴子相比，簡直是判若兩人。

既然如此，西谷當然不想和千鶴子分手。

交往了近三年，千鶴子的一切都已經瞭若指掌了。性行為本身固然有趣，但卻了無新意。以這層意義來說，可以說是已經膩了，然而和千鶴子之間的關係不只是性而已，西谷還是很喜歡她的。看來這三年的歲月，不只在肉體上，心靈上的結合似乎也更緊密了。

三

翌日，西谷在下班的路上順道去了一趟村井的醫院。因為村井醫院所在的澀谷就在往西谷住的元住吉的路上，而且在電話中拜託他墮胎也讓人覺得不好意思。

當時村井已經停診，正準備要吃晚飯，只聽說西谷來了，似乎便明白了一切。

「我出去一下。」

在客廳聊了一會，村井對妻子這麼說道，跟著便走到屋外。

「你不是要吃晚飯了嗎？」

「好久沒出去了，正想要出去活動活動筋骨哩。在家裡吃飯也真的很膩了。」

兩人來到道玄坡前，然後往右轉進一家小吃店。

「你常來嗎？」

「老闆娘是我的病人嘛。」

兩人在門口右方的櫃台邊坐下。

當鰹魚醬端上來，開始喝酒時，村井說道。

「什麼事呀？」

「就是上回請你幫忙拿小孩的那個女人啦。」

「又要拿了？」

「是呀。」

「隨時都行呀！你就帶她來嘛！」

村井的回答有點太無趣了，西谷一開始的氣勢被壓了下來。

「這次算第七次了，有沒有關係呀？」

「倒不是說沒關係，可是沒辦法吧？」

「可是對她的身體……」

「當然能不拿是最好的啦，但又不能不拿嘛，不是嗎？」

「沒錯！」

「那就拿吧！」

村井的話十分明快，西谷當然也是作這個打算的，但被這樣三兩句就解決了，反而有些不安。

「那種手術最多可以做幾次呀？」

「沒有什麼所謂能做幾次的啦！」

「可是總有個大概吧？」

「說有就有，說沒有也就沒有。」

「我不懂。」

「其實我也不懂。」

一個看似老闆娘的女人出現在櫃台前，向村井打招呼。外型看上去蠻福態的，不像是有什麼婦科疾病。

老闆娘一走，西谷問道：

「她是哪兒不好呀？」

「子宮肌瘤。開刀拿掉之後就變那麼胖了。」

「跟開刀有關係嗎？」

「沒有吧，大概是住院住到人變懶了吧！」

村井苦笑道，瞥了正在櫃台邊寫帳單的老闆娘一眼，西谷說道：

「回到剛剛的話題，我聽說過有人拿太多次孩子，最後弄得子宮破掉哩！」

「這有時候拿一次就會發生了，有時拿過十次也沒事。」

「這麼說，問題在醫生的技術囉？」

「可以算是吧！」

「我想你應該不錯吧！」

「很高興你這麼信任我。」

村井喝乾杯裡的酒，又重新替西谷和自己斟上。

「因為年輕時和你一起玩過，所以沒辦法完全信任你。」

「和我熟的人都這麼說哩！」

「對了，小孩拿多了對外貌也會有影響吧？」

「她有什麼不一樣嗎？」

「倒沒有什麼不一樣，只是最近長了點小皺紋。」

「她幾歲？」

「二十九了。」

「那是年紀的關係。」

「別說得這麼明白嘛！」

「可是你愛她吧？」

「呃……」

「有什麼關係？你就愛嘛！」

「再拿一次沒關係嗎？」

「只是拿孩子，不會有太大關係的。」

「一些婦女雜誌上好像都說有很多害處哩！」

西谷想起了千鶴子說過的話。

「呃！大致上是可以這麼說沒錯，不過那種報導多半比較誇張。」

「真是這樣就好了……」

「但話說回來，女人開始長皺紋的時候最好不過了。」

被村井這麼一說，西谷一時語塞。最近千鶴子的確是大有進步，感覺上像是始終含苞的花終於盛開一樣。

「我終於知道你受用、離不開她的原因了。」

「別胡說八道了。」

「我醫生可不是幹假的喲！」

西谷皺了皺眉，但這感覺並不壞。

「七次大概還是太多了。」

西谷無論如何還是介意這次數。從前他曾聽村井說過，墮胎是刮子宮的底部。他心想，連續刮個七次，那底部的粘膜愈來愈薄，最後不就刮出洞來了？

「有人拿過更多次嗎？」

「當然人上有人囉！」

「最多是幾次呀？」

「也有十次以上的。」

「拿那麼多次不要緊嗎？」

「這不是要不要緊、行不行的問題，就算你告訴她這很要緊，要拿的人還是非拿不可。這種手術是不能單純用醫學上的道理來解釋的。這是所謂的社會適應問題。」

「呃。」

想起來，千鶴子的情形似乎也是社會適應問題。

儘管喜歡她，但西谷這會兒還沒有勇氣讓她生孩子。經濟上他是盡可能供應了，可是以現在的地位要負擔生養孩子的全部費用幾乎不可能。

「總歸一句話，與其作這種無謂的擔心，倒不如避孕算了。你們都沒做什麼措施嗎？」

「大概都是算安全期。」

「光是這樣不行啦！你不喜歡用套子呀？」

「當然不喜歡，不過問題是她更不喜歡。她不要用套子，說是感覺不好。」

「對女人來說應該是沒什麼差別才對呀！」

「她說倒不是實際上的感覺，而是想用那種東西來避孕的感覺很不好。」

「意思是想讓你直接愛她嘛！」

說著，村井又叫了一壺酒。

「從她會說出這種話來看，她應該是很愛你的，真不得了哩！」

「這倒不見得。她還會有外遇呢！」

「話說回來，這樣常懷孕總不是辦法，還是乾脆結紮算了。這樣既放心，又不需要半年就找我一次。」

「是可以放心，不過永遠都不能生這種感覺很不舒服。」

「她也說過這話嗎？」

「她大概會這麼說，我也一樣。」

「那你會想讓她生嗎？」

「現在不想。」

「現在不想，那以後……」

「反正不能讓她永遠不能生就是了。」

「你們雙方都很為難哩！」

村井將酒往自己和西谷的杯子裡倒。

「不過，她會說要孩子吧？」

「有時候會。」

「她想要孩子，你又不叫她生，所以她是忍耐。」

「也許吧！」

「忍耐的這一點也很可愛吧？」

「可以這麼說。」

西谷老實點頭承認。

「可是你們總不能永遠這樣下去吧？你太太不知道有她這個人嗎？」

「應該知道吧！」

「她不會說話嗎？」

「她好像很有把握我不會到了這把年紀了才來放棄婚姻。」

「你真是這樣嗎？」

「很遺憾，是有這一部分。」

「你太太和她，現在你比較喜歡誰？」

「當然是她。」

「那你不想和她結婚嗎？」

「我都有孩子了，而且老實說，這時候再來離婚，建立新家庭也實在麻煩。」

「就是沒那個力氣了。」

「應該是吧！」

西谷垂下雙眼，他的確是喜歡她，儘管如此，卻還不想和她廝守，這似乎還是因為沒有力氣拋開現有種種的緣故。

「看來你根本不是那種玩一次就能喊停的玩家型的人嘛！」

「拿錢去買，然後一次就喊停，這誰都會呀!這有什麼好自豪的？」

「可是已經有太太了，還跟人家深交，這好像也沒什麼好自豪的吧？」

「我並沒有自豪呀！但只玩一次就喊停，以玩家來說也許算聰明吧，但說穿了不過是個膽小鬼罷了。」

「是這樣嗎……」

「當然囉！要由我來說的話，所謂的玩家就是怕後頭麻煩這才只玩一次而已。打一開始就準備要逃了，根本沒有勇氣嘛！」

「勇氣不該用在這兒吧？」

「對談戀愛沒有勇氣的人對工作也不會有的。」

「我不認為這兩者是同等的。」

「可是你看，玩家們只把力氣花在女人身上。所以說他們還是缺乏真正的勇氣嘛！」

「不過太有勇氣也糟糕呢！」

「你是說我嗎？」

「你算一半一半吧！」

「怎麼說？」

「你有勇氣和她深交，卻沒有勇氣進一步和她廝守。」

「你說我，那你自己呢？」

西谷反問村井。

「我連你一半的勇氣都沒有，以這層意義來說，我很佩服你。四十歲了還會愛上一個女人，很了不起的。」

「你在諷刺我嗎？」

「不！我是真心這麼想的。」

一開始喝酒，西谷便幾乎不吃東西了。只見兩人面前並排了兩隻空酒壺。村井又點了一壺，把酒壺裡剩餘的酒倒進西谷的杯子裡。

「等會要上她那兒去嗎？」

「她上班去了，不在家。」

「呃！」

「去她店裡頭嘛！」

「去見人家的女友有什麼意思？再說也不必急著現在見嘛，總會見得到的。」

「你這人真是……」

不久，村井便會看到千鶴子的私處。既然他會碰它、盯著它，也就會了解到一些連自己都不了解的。

對在身邊斟著酒的村井，西谷突然感到醋意。

四

翌日，千鶴子上村井醫院去作檢查，結果是已經有了三個月的身孕了。西谷在下班之後到千鶴子家裡去時被告知了這個消息。

「我決定明天就動手術。」

「明天？」

「反正是遲早的事，不如就快點吧！」

「話是沒錯……」

背對著西谷，千鶴子面向梳妝台梳著頭髮。銀座的陪酒女郎大多得在六點到七點之前就進店裡，千鶴子可以到八點。

「明天是禮拜六嘛！反正禮拜六到店裡去客人也很少，不如就禮拜六做，然後休禮拜六、日兩天。這陣子不知道怎麼搞的，手術後好像恢復得比較慢呢！」

「那，村井說可以嗎？」

「他說有兩個人已經預約要做了，他就順道幫我做。」

既然醫生和動手術的當事人都說好，西谷也就沒有插嘴的餘地了。

「明天不行嗎？」

「沒有……」

女人都說要早點拿掉了，男人哪有不行的道理？但西谷心裡對檢查隔天就動手術的做法有點介意。他總覺得即使是要墮，也得要為要不要生多猶豫一下、爭辯一下再來決定才對。

剛開始時，千鶴子很輕易便同意墮胎，後來則會有些捨不得地反問他：「真的不能生嗎？」。但最近也許是死心了罷，不太說些什麼。連這次第七次了，西谷還從未聽過千鶴子當面告訴他想生下來。

萬一真要開了口，女人哭哭鬧鬧的也真是很讓人受不了，但當對方太輕易答應時，卻又覺得有些寂寞。

「妳可以嗎？」

「可是有什麼辦法呢？」

如果她這麼說，自己也無話可答。

「我總不能老是削著一張臉去上班吧？」

千鶴子說出十足實際的理由，但以西谷來說，卻希望聽到更為腹中胎兒考慮的發言。

「連這次第七次了！」

西谷想到這個即將被扼殺的小生命，只覺得像是犯下了重罪似的。

「第一次託村井醫師拿的時候，我還要他讓我看看小孩呢！」

「村井讓妳看了嗎？」

「他說是因為我拜託他才讓我看的，否則本來是不行的。」

「為什麼想看那種東西？」

「不知道，就是突然覺得很難過嘛！」

千鶴子看著鏡子，兩手擱在膝上，握著梳子。也許是懷孕的關係罷，她的皮膚顯得暗沉，只見鏡中映出一張倒三角型的臉。

「小孩臉呀手呀腳的，什麼都有了。」

對著鏡子，千鶴子說道。

「以後就生吧！」

「別言不由衷了！」

「妳不相信我其實是想要的嗎？」

西谷啞著嗓子說道。

「就相信你吧！」

千鶴子答得乾脆，但似乎並不是真心相信。西谷看著千鶴子的背影，感受到有別於外貌的一股堅強。

「妳只看過一次嗎？」

「是呀，那種東西早知道就不看了。」

千鶴子站起身，立在衣櫃前，正待穿禮服上班去。也許是敏感罷，只覺得穿著襯裙的她下腹部看上去有些鼓鼓的。

曾有一回懷了四個月才拿掉，當時她裸體時已經可以清楚地看出肚子大起來了。只因為她骨架纖細，懷上四個月的話根本沒法掩飾。

這麼一個骨架子細、骨盤又小的女人，居然每半年就懷一次胎，西谷感到不可思議，感覺上不像在看一個女人，倒像在看一隻雌性動物。

「哎！不知道怎麼搞的，今天真是沒心情。」

立在衣櫃前，千鶴子一邊將頭髮攏到耳後，一邊說道。

「還是不要去上班算了？」

「明天手術幾點開始呀？」

「他叫我十點以前去。」

「那就是十點半左右開始囉？」

「大概是吧！」

千鶴子從許多禮服當中挑了一件白色的針織禮服。看著她穿，穿好後西谷才說道：

「今天別去算了！」

「不去要幹嘛？」

對著衣櫃的鏡子，千鶴子邊扣胸前的鈕釦邊問道。

「你可以過夜嗎？」

「呃……」

西谷覺得自己又主動陷得更深了，但卻又肯定那分隨他去的感覺。

「過夜也好呀！」

「那我就不去了。」

千鶴子轉過身來，原先無精打采的臉上十足現實地突然展現出笑容。

「噯！待會兒帶我到外頭去吃飯吧！」

「去六本木好不好？」

「好哇！我要換衣服，等我一下。」

「穿這樣就好啦！」

「不要，我要穿更輕鬆一點的。」

脫下禮服，千鶴子換上一件白色夾克和一套無袖的水珠花樣套裝。

看著她穿，西谷想起家裡來。這陣子平均每個禮拜外宿一次，全都是待在千鶴子這裡。剛開始還騙老婆說是應酬或出差什麼的，最近倒不講理由了，只是默默地外宿，然後隔天默默地回家。每當這麼做時，妻子當然是不高興，但卻不曾逼問。

最近彼此都漸漸習慣了每週外宿一次，看來她似乎已經認定就是那麼一回事了。

「噯！今天是最後的晚餐吔！」

「晚餐？」

「不是嗎？孩子明天就要死了。」

對她滿不在乎地說出如此殘酷的話，西谷很感驚訝。只見千鶴子又是一臉愉悅地再度面向鏡子。

兩人在靠近六本木的一家牛排專賣店吃過晚飯，又到霞町的酒吧去喝了點酒，待回到千鶴子家時，才過了十點。

對平日在銀座上班到十一點多，之後又和客人去吃宵夜的千鶴子來說，十點還是華燈初上而已。

「明天要動手術，早點睡吧！」

「好吧！」

大概是也擔心手術罷，千鶴子乖乖地去鋪了被子。

很少見到單身女性像千鶴子這樣不喜歡床的，她每天在榻榻米上鋪被子、收被子，這也是讓西谷欣賞的地方。

「你也來睡嘛！」

原本躺在沙發上的西谷於是起身脫衣。

千鶴子則迅速穿上睡衣，跟著卸起妝來。關掉電視，西谷躺到鋪好的被子上去。在千鶴子這兒過夜，多半是從銀座回來的時候，上床時都已經一、二點了，很少像今天這麼早睡的。

「明天開始又有段時間不能做了。」

在檯燈的光線下，千鶴子輕聲說道。

「今天就好好地來做一下吧！」

照例千鶴子將頭靠在西谷胸前。西谷抱住她的上半身，打開睡衣前襟。

相較於體型，千鶴子的乳房顯得較大，形狀好看。做愛之前，西谷總會親吻那兒。這會兒他也一樣將嘴唇湊近，只覺得乳暈發黑，乳頭比平日大。

「碰會痛嗎？」

「一點點……不過沒關係。」

千鶴子的聲音已經開始興奮起來。她說過的這句話——「只要一想到正在和你做，我就覺得愉快」未必言過其實。

接連幾次吻過乳房，西谷緊抱住千鶴子。他實在難以相信自己一個手掌心幾乎便足以掌握的這盈盈細腰在此之前已經多次懷過孩子，即使是現在也一樣懷著。

「嗳……」

千鶴子已經熱了起來，在逐漸加溫的情緒中，西谷想像著這女人明天將在村井面前打開雙腿、接受手術的情景。

又一次施行麻醉，然後在昏睡中讓血流出來，奪去胎兒的生命，這殘忍的想像更喚起了他對她的愛憐。

五

翌日一過中午，西谷便到千鶴子家裡去了。早在半個鐘頭前，千鶴子便已做完手術回到家裡，這會兒正在床上休息。

「怎麼了？」

「沒事……」

千鶴子在被子裡輕輕搖頭。儘管已經算是清醒過來了，但眼裡似乎仍殘留著麻醉的餘威。

「痛不痛？」

「一點點，身體裡頭好像在燒一樣。」

說起話來也好像有點口齒不清。

「要不要吃止痛藥？」

千鶴子點點頭，跟著將頭靠在枕邊。

「這藥對嗎？」

「那是止化膿的，止痛是紅色包裝的。」

拿起紅色包裝的那一包藥，西谷打開來，送進躺著的千鶴子的嘴裡。千鶴子張開嘴吞下藥丸，再喝下西谷端來的水。

「手術怎麼樣呀？」

「被麻醉了，什麼都不知道。」

「大概是麻醉劑下得重吧！」

「所以到現在我的頭還昏昏的。」

「休息一下吧！」

「你能留下來嗎？」

「當然會留下來。」

「真的?我好高興喔……」

千鶴子閉著眼睛喃喃說道。在穿過蕾絲窗簾透進來的初夏陽光中，只見她一臉蒼白，其上有著黑而濃密的睫毛和挺秀鼻樑的落影。

雖說是禮拜六下午，但四周卻鴉雀無聲，許是隔壁的鄰居都不在家罷。

西谷坐在被子旁，邊抽著菸，邊有種錯覺，彷彿自己已經和千鶴子在這裡像這樣生活了許久了。

無論怎麼樣，千鶴子到底是個可憐的女人，儘管有時會意外地口出狂言，但這應該是脆弱的相反表現。西谷覺得，她為自己懷過七次孩子，每次都乖乖聽話去拿掉的這個事實是不容抹滅的。

從這點看來，妻子其實是很幸運的。第一次懷了孩子就生了下來，那之後拿過一次，接下去那次懷孕又生下第二個孩子。懷過三次，只拿過一次而已。如今兩個兒女繞膝、生活無虞，過得十分自在。如果這樣還要嫉妒的話，那就太過分了。她應該來體會一下千鶴子的可憐。

這讓她墮過七次胎的罪過將西谷往千鶴子這兒推。

今天下午原本和公司同事約好要去打高爾夫的，後來藉口家裡有急事推掉了。至於家裡則是事先就打電話回去說是要去打高爾夫，會晚點回去。

因為昨晚沒回家，妻子只答了一句：「呃，是嗎？」很明顯地表現出不悅。

打開電視，西谷看著一個星期前播放過的電視劇重播。倒不是非看這部不可，只是一打開正好在播，也就看了。

任誰也想不到，在這麼一個清爽初夏的週末午後，自己居然在睡著了的女人身邊靜靜地看著電視，就算是妻子，她即使想得到自己和千鶴子的關係，也絕不會了解自己還會啥事也不做地守在她身邊。悄悄地做著這樁沒有人想得到的事，對此西谷感到很滿足。

到了三點，西谷讓電視開著，打了一下盹。

「噯！」

被千鶴子的聲音叫醒時，已過了四點。睜開眼睛，發現千鶴子從被窩裡盯著自己。

「怎麼了？」

「你一直都在這兒吧？我夢見我在找你呢！」

「為什麼？」

「手術前我好怕，好希望你在我身邊。」

千鶴子從被窩裡慢慢地伸出手來，或許是手術後的緣故罷，只見她兩隻手與其說白，不如說發青。

「握手……」

西谷爬過來，握住那雙白過了頭的手。那手軟而無力。他想起自己到現在為止從未陪過千鶴子去動手術，手術過後也從未去接過她，然而在妻子唯一的一次墮胎手術時，自己卻親自開車去接她。

「痛不痛呀？」

「身體裡頭好像在燒一樣。」

千鶴子又重複了一遍方才說過的話，跟著輕蹙著眉頭。

「還要吃藥嗎？」

「還可以忍耐的。」

「肚子餓了吧？」

「因為要麻醉，從早上就沒吃東西了。」

「那要不要吃壽司？」

「想喝點清湯。」

「想吃點別的東西嗎？」

「我要點清的東西。不知道冰箱裡有沒有。」

西谷站起身來走到廚房。

「有葡萄柚啦！」

「那可以。」

站在流理台前，西谷將它切成兩半。

吃完壽司時，天又黑了。

「噯！今天會留在這兒過夜吧？」

今天再不回去的話，就等於連續兩天外宿了。在此之前西谷從未連續兩天外宿過。前次千鶴子拿孩子時，自己只在手術當天過夜，前一天則回家去。

「會留下來吧？」

「……」

「不要回去啦！萬一你回去了，我又痛起來怎麼辦？留下來好不好？」

千鶴子命令似地說道。手術過後當晚就讓她一個人過說起來是蠻可憐的。沒了孩子，如果又痛起來的話，那可真是太慘了。這種事其實並不常發生。

「我留下來就是了。」

「好高興喔！」

躺在被窩裡，千鶴子兩眼閃閃發亮。

當天晚上十點，西谷在千鶴子身邊躺下。兩人因為都睡過午覺，並不怎麼有睡意。

「以後得好好預防懷孕了。」

「要怎麼預防呢？」

「有很多法子呀！用套子也行……」

「我不要。」

「可是老是這麼做，只會傷身體而已，村井也說那樣比較好。」

「不管醫生說什麼，我就是不要。就算會傷身體我也不在乎。」

「為什麼？」

「隔了一層套子的性關係根本是作假嘛！我要的是你真正的東西。」

「千鶴子……」

明知道今天晚上做不得，西谷卻仍粗魯地將千鶴子那羽毛一般輕的身子抱進懷裡。

六

那之後隔了一天的禮拜一下午，村井打電話到公司來。

先為千鶴子的事道過謝後，西谷表示原本就打算在這兩天過去找他。

「我就是為了這件事打這個電話的，有些話我想先告訴你。」

「什麼事？怎麼突然嚴肅起來？」

「這兒說話不方便，你那邊也一樣吧？今天下班後到我這兒來一趟好了。」

「大概會到九點，可以嗎？」

「沒關係，我等你！」

電話裡就只講到這兒。出席過客戶的喬遷喜宴後，不到九點，西谷便到了村井家。村井好像準備等他一到就一塊兒出去似的，只見他穿著西裝。

兩人走進四天前才去過的小吃店，在櫃台邊坐下。已經過了晚餐時間，店裡沒什麼客人。

「讓你多照顧了。」

西谷朝著村井輕輕舉起盛了啤酒的杯子然後送到嘴邊，一副找他乾杯的模樣。

「事關你女朋友……」

「發生了什麼事嗎？」

「沒什麼，手術進行順利，你不必擔心！」

「那又是什麼事？」

「你大概沒注意到，她好像有中毒的跡象。」

「中毒？中什麼毒？」

「拉伯納。」

「拉伯納？」

這藥名對西谷來說並不熟悉。

「之前做墮胎手術時就是用拉伯納麻醉的。這種藥有做成藥片的，但一般多半是將粉末溶於蒸餾水裡再作靜脈注射。現在醫院裡墮胎手術用的最多的麻醉藥就是這個。」

「呃！」

「因為是麻醉藥，當然會想睡。作為安眠藥來說它算是相當強的，因此很不容易醒來，而且只要多打一些，就可能導致呼吸中斷。雖然比較上這藥蠻受歡迎的，但只要量沒控制好，後果相當可怕。」

「你的意思是說千鶴子中了這藥的毒嗎？」

「沒錯。」

西谷自認為比誰都了解千鶴子，可是絕對沒想到會有這種事。

「你不相信是正常的，不過上次幫她上麻醉時她就老實說了。」

「真的？」

「手術前作靜脈麻醉時，一般女性通常都會有些害怕，即使不到害怕的程度也會感到不安，但她卻一點也看不出來。」

「那大概是因為做多了，習慣了吧？」

「我一開始時是這麼想，可是她進入麻醉的方式跟別人不一樣。拉伯納雖然是安眠藥，可是少量時反而是興奮劑。這和喝酒的情況一樣，會變得很愛說話的。精神科他們有時為了要引出深層心理，會用這種藥。」

「那千鶴子都說了些什麼？」

村井拿出菸，點了火這才說道：

「一開始打少量時，她就一臉陶醉的表情，說：『醫師！我好喜歡打這個喔！打了之後要睡著的那一剎那真是太美妙了！』」

「然後呢？」

「再多打一點時，她就一直喃喃自語說：『好呀！』、『太棒了！』，最近還說：『有這種快樂，就算是拿小孩也無所謂！』哩！」

「怎麼會……」

「真的啦！你如果不相信，我可以把打針時在一旁待命的護士叫來。」

「你的意思是說，她是為了要打那種針才去拿孩子的嗎？」

「那點與其說是原因，不如說是結果吧！我的意思是，她因為每回在拿孩子時都打這種針，所以就中了毒，在不知不覺中變得喜歡打了。」

「……」

這回西谷可不懂了。他不敢相信乖乖聽話去把孩子拿掉的千鶴子體內竟然潛藏了如此大膽的慾望。

「她一直想要有個孩子哩！」

「當然是這樣，不過這心願的背後也的確有打拉伯納的愉快存在。」

「真是不敢相信！」

西谷輕聲囁嚅道。藉著墮胎來感受快樂，讓西谷在此之前對千鶴子的同情變得有點詭異。

「這事到底是什麼時候開始的？」

「這我也問了，她說大約是從前兩次開始的。」

「前兩次的話，那就是從第一次在你那兒拿孩子的時候開始囉？」

說到這兒，西谷竟然想起另一件事來。

「是不是在你那兒看拿掉的孩子那時候？」

「她告訴你了？」

「前陣子她告訴我說你讓她看了。」

「因為她說她一定要看嘛！又驚又怕地看過之後，眼神立刻移開。說起來，她應該就是在那之後開始感受到拉伯納的快感的。我現在想起來了，上次打針她確實不但沒有害怕的樣子，還高高興興地往床上躺哩！要打針時，她還說：『給我打多一點！』，之後一開始打，她就說：『好哇！』睡得很舒服的樣子。」

「有人中過這種藥的毒嗎？」

「這種藥特殊，一般人不容易拿到手，所以很少。不過因為是很強的安眠劑，當然有可能中毒。」

「這麼說，墮過好幾次胎的女人應該都會中毒吧？別說是七次了，你不是說有人墮過十次以上嗎？」

「多次墮胎的女人未必就都會中毒。同樣墮了許多次，有人會，也有人不會。有人容易中藥毒，有人比較不容易。她應該算是容易的吧！」

「為什麼……」

「這原因很多，和個人的個性和環境都有關係。」

「……」

「總之，你得明白跟她說一次，要她注意一下。」

「可是，我該怎麼說呢？」

「這是不好說沒錯。」

至此，村井似乎也找不出適當的話來。

七

翌日，西谷在下班途中順道到千鶴子家去。就在千鶴子上班的前一刻，也許是拿孩子已經過了三天了罷，只見她恢復了原來的氣色，嚴峻的眼神也變回原來的柔和。

「身體還好嗎？」

「還有點出血。」

說罷，千鶴子燒開水泡了咖啡。

「昨天我和村井見過面。」

「我後來就沒再去過醫院了，他說了什麼了嗎？」

「手術的事他沒說，倒是說了別的。」

千鶴子將咖啡杯放在西谷面前。

「他說妳已經開始中麻醉藥的毒了。」

聞言，千鶴子突然頑皮地笑了笑。

「他到底還是說了，真是蠢吔！那個醫生。」

「怎麼說蠢呢？聽他說，那種拉伯納之類的中毒很可怕的。這會兒還算好，要真中了毒那可就糟了。」

「我沒中什麼毒呀！」

「可是村井說妳拜託他，說是好舒服，要打多一點。」

「因為那個會讓人睡著，所以舒服嘛！打那個東西之後快睡著時真是太美妙了，就像要上天堂一樣。」

想起那一剎那似地，只見她瞇著眼睛。

「那種舒服的感覺就已經是中毒的開始了。」

「你說這些，到底要我怎麼做呢？」

「總而言之，妳要小心一點。」

「不管要不要小心，反正拿孩子就一定得打那種麻醉藥嘛！有什麼辦法呢？又不是我的錯。」

「我聽村井說，會中毒跟個性也有關係的。別再迷那種藥了。」

「我不管！」

猛然一句，驚得西谷直盯著千鶴子。千鶴子叉著雙手，坐在對面的凳子上。

「就因為有那種快感，我這才願意去拿孩子的。要不是麻醉的快感，那種丟臉、痛苦的事誰受得了呀？」

千鶴子那相較於臉顯得過大的眼睛登時淚水滿溢。

「這有什麼好哭的嘛。」

「你一點都不了解女人的痛苦嘛！就是因為拿孩子太痛苦了，我才會想在手術那段時間找出一點快感來。好不容易這陣子在麻醉睡著時想著能和你在一起……」

「在一起？」

「是呀！我邊睡邊看見你很擔心的樣子。」

「我懂了，所以以後就別再拿孩子吧！」

「那我可以生嗎？」

「不！是要避孕。」

「我不要，之前我不就說過不要了嗎？」

「可是不避孕的話，再懷孕妳又會很痛苦。」

「沒關係，再拿掉就是了！」

「再這麼做妳的身子會垮的。」

「我就是要中毒，我就是要讓子宮、身子什麼都垮。」

「別說傻話了，不許耍賴！」

「我不是耍賴，我只會這麼做而已！」

千鶴子拚命地搖頭。

「妳又不是只會懷孕、拿孩子而已。」

「我就只會做這個而已，只有在我懷孕、拿孩子時你才會聽我的，不是嗎？我能讓你煩的就只有這件事而已。」

「……」

「因為已經讓我拿了七次，覺得過意不去，所以對我好。只有在拿孩子的時候才會對我好，才會過夜，不是嗎？」

「沒有的事……」

「就是這樣，打一開始你就沒有意思要讓我把孩子生下來了嘛！你這個騙子！」

「夠了啦！」

「我才不夠呢，我要不斷地懷孕、拿掉、懷孕、拿掉，把你給綁得死死的！」

臉上掛著大顆淚珠，千鶴子不斷地叫道。看著她，西谷知道照這情勢今晚又得住下來了。

就像看錄影帶一樣

一

河野走出銀座的「馬克龍」俱樂部時，正好是十二點鐘。

俱樂部的打烊時間是十一點四十五分，這會兒已超出片刻。

不過所謂的打烊時間指的是打工的女孩們下班回家的時間，有客人的話，再做個三十分或一個鐘頭她們也無所謂。當然，那些負責接待客人的陪酒女郎也會留下來的。有時即便是過了打烊時間才進來的客人她們也會笑臉相迎。

因為為了賺錢，不能老是在意那打烊時間。

而河野之所以會上「馬克龍」，則是因為接洽鋼鐵製造商的高級主管的緣故。

以商業公司來說，S公司算是一流。身為該公司的機械第二部長，河野最近每個星期總有個一、兩次得在銀座四處喝酒待客。

能在餐聽吃好吃的，在俱樂部坐擁美女，在旁人的眼裡看來似乎是幸事一樁，但事實上是接待客戶，根本沒有那閒工夫品味美食、調戲美女。

出了俱樂部，送高級主管到計程車上客處後，河野總會到老地方「中壽司」去等廣美。

廣美是「馬克龍」的陪酒女郎，今年二十三歲，比四十九歲的河野小了兩輪多一點。

在俱樂部裡，河野並不太喜歡年輕的小姐。年輕因為有本錢，顯得有活力，身材比例又好，看久了也不會膩，但終究還是只能看而已，真要接近她們和她們聊，就會意外地發現其實有多麼無聊。

如果只是因為年輕，所以有些幼稚，也不會說話，那倒也無可厚非，但只要有那麼一點高傲的態度，以為自己年輕、男人都會靠過來的話，河野便會覺得討厭。

的確，出入俱樂部或酒吧的客人大多是四、五十歲的中年人，也難怪他們會喜歡年輕的小姐，但倒不是年輕就樣樣皆美。再怎麼年輕，倘若沒有足以散發年輕魅力的女性化、或是某個程度的教養，河野就不想和對方聊了。

就這一點來說，廣美儘管年輕，卻相當穩重。臉長得不算頂美，但個頭小，是男人喜歡的那一型。到「馬克龍」來上班不過兩、三個月，坐河野的台今天算來也不過第三次，卻很和氣，不令人討厭。

聊天時，也只有在比她早進來的伴酒女郎說話時才跟她們一唱一和，落單時則話題相當多，頭腦也相當好，總之是個知進退的人。

今晚還是河野頭一遭在店裡打烊之後和廣美單獨在外頭碰面哩。

老實說，河野今天一開始並沒有打算約廣美。只是帶客人到「馬克龍」坐上台時，廣美碰巧就坐在他旁邊。

之後在一個多鐘頭的聊天過程中，不知怎的兩人就熟了起來，河野不經意的一句「怎麼樣？回家路上吃點壽司什麼的？」不想卻博得對方的贊同：「好呀，帶我去！」

在此之前，有好幾次河野曾在打烊之後帶著陪酒女郎上小吃店或餐廳，但很少是一對一的。大多是一對二、二對三，總之多半是複數。

因此，當不怎麼熟悉的廣美爽快地答應時，他還以為她會帶一、兩個同事一塊兒來哩，不！甚至，他還想過說不定她根本就不會赴約。

雖說一個月去個兩、三次，但河野並不是廣美的客人，也並不怎麼熟。年輕、受歡迎的小姐沒有理由在下班之後再和這種客人交際。

因此河野心中早已作了準備，若是不願意來也就算了。

到了這把年紀，該是上班族要搶占高位最後的關鍵時刻，看上某個陪酒女郎，或者被某個陪酒女郎甩了，都不是什麼大問題。但如果兩人有機會單獨相處，真要認真愛上了，那可就是大事一樁了，他這麼告誡自己。

沒自信的河野滿腦子想著她不來時的理由，卻仍一邊抓著壽司吃，一邊注意門口那頭。

不過，河野進店裡不到十分鐘，廣美人就到了，看來許是在他離開俱樂部之後立刻跟了出來罷。而且還是單獨來的。

在俱樂部裡她穿著白色的針織洋裝，看上去很年輕，大約不過二十歲左右，這會兒則在洋裝之外又加了件黑領的深色短外套，那張娃娃臉竟因而顯得有些女人味。

倒不是偏袒她，比起任何一個才下了班，這會兒正來到這家壽司店的陪酒女郎，她毫不遜色。看上去既可愛又顯眼。

一進店裡，廣美輕輕招手，跟著便走到河野身邊。

「讓你久等了，抱歉！」

「不！妳很快嘛！」

河野立刻讓出櫃台左邊、事先用外套占了的位子給廣美。

「吃點東西吧！」

「好呀！我就吃點！」

脫下外套，廣美用手巾擦手，大致環顧了四周之後點了金槍魚。

「這兒的壽司挺好吃的。」

「嗯！好好吃！」

只見她塞得滿嘴，看起來的確是很好吃的樣子。不像其他女孩，廣美並不做作。對這樣年輕又不矯飾的女孩河野是愈來愈喜歡了。

「沒跟別人有約吧？」

「呃！沒有！」

就連這個地方也很老實。有的陪酒女郎即使沒約會也會裝作有，一副勉強來的模樣。

「妳什麼時候到現在的店去上班的？」

「三個月前，從九月開始。」

「那之前呢？」

「那之前我當了半年的女服務生。」

「呃！」

這就難怪她還能保有如此的純真了，河野不禁暗自佩服。

廣美先點了金槍魚，接下來又陸續吃了蝌、蝦子、海膽。要點像海膽那種貴的東西吃時，她還會先問道：「可以點那個嗎？」

河野自然不可能會不答應，但這先問過對方的態度實在教人欣賞。

在這之後，當她又吃了一個海苔卷時，只見她嘴裡說：「好好吃！太飽了！」跟著啪啪拍了形狀優美的胸部下方兩下。

陪酒女郎當中，有些人頗做作，非但只點貴的東西，而且最後還吃不完。從這點看來，廣美的吃法很坦率，讓人覺著舒服。

河野覺得自己意外地發掘了一個寶，直盯著廣美看。

「妳在哪兒當女服務生的？」

「在新宿。」

「那為什麼會到現在的店來上班呢？」

「因為我朋友原本就在這兒上班，是她介紹的。」

「朋友？叫什麼名字？」

「她叫明美，已經沒做了。你認識她嗎？」

「嗯，有點認識。」

叫明美的這個女孩子曾坐過河野的台一、兩次。除了知道她長得高之外，沒什麼印象。

「今天志保姊不來嗎？」

「不來啊！怎麼了？」

「部長你是志保姊的客人嘛！只請我的話，我不好意思。」

「我只是平常讓她服務而已，和她並沒有什麼特殊的交情。」

聞言，廣美老實地點了點頭。

所謂的服務，指的是負責給客人記帳的小姐。負責河野的一直是志保。這位志保小姐今天晚上當河野離開時的確要求過自己帶她到外頭去吃東西。但因為和廣美已經有約在先，於是以明天得早起、這會兒就要回家為由拒絕了她。大體上，以客人和陪酒女郎的慣例來說，照理是應該帶志保和廣美兩個人來的。

但河野和志保只是客人和陪酒女郎的關係，除此以外再無其他。都已經認識了兩年，早已了解她的個性，不會在這個時候才起那種念頭。

「我沒告訴志保，所以不要跟她說我們今天碰過面！」

「你真壞！」

廣美輕瞟了河野一眼。

「呃！那無所謂啦！」

「只請我一個人，好像不太好哩！」

「沒的事！別說這個，妳不吃了嗎？」

「我吃太飽了！」

「妳其實吃得不多嘛！」

「不！我吃夠多了！」

喝了口茶，廣美立刻又想起什麼似地說道：

「噯！那我可不可以帶一盒回去呀？」

「帶一盒？」

河野心中略略納罕。說自己吃太飽了，這會兒又要帶一盒回去做什麼？

「好呀！」

不管怎樣河野還是點頭了。

「師傅！一盒帶走。」

「是！」

廚師的回答十分帶勁。聽著這聲音，河野的腦海裡迅即浮現出二十多年前的事來。

這真是種奇特的聯想。那麼久遠以前的一樁往事為什麼會在這時候回想起來?詫異之餘，那情景竟愈加鮮活了起來。

二

當時距河野大學畢業已過了三年，也就是在他二十六歲的時候。

那時候河野和一個在新宿「花馬車」酒店裡上班、名叫千景的女孩同居。「花馬車」在當時算是新宿最大的酒店，千景則是那兒的紅牌小姐。

她眼睛大大的，個性有點強，也因此顯得比較大方。

河野是因為跟著學長到那兒去這才認識千景的。後來才知道S學長好像也喜歡千景，但她似乎對青澀的河野比較有意思，在離開時順口對他小聲說道：

「下回你一個人來!別擔心錢的事!」

老實說，這還是河野頭一遭上這麼高級的酒店、也是頭一遭被陪酒女郎這麼示意哩!

就這樣被千景給牽著鼻子走似地，兩人開始同居，他幾乎不曾回自己家去，上班也直接從她那兒去。

同居生活維持了兩年，最後被老家的父母親發現，周遭的人也都表示反對，沒結得成婚，於是只得分手。

但不管最後的結局如何，剛開始同居時，河野是真的愛千景的，而千景也愛著他。

這事發生在開始同居的半年過後。

當時，店裡的紅牌多半是十一點半下班，但有時會稍微拖些時間，有時又得陪客人去吃飯，因此千景回家的時間大多是一點或兩點了。

河野如果每晚都等她等到那麼晚的話，早上上班就會遲到，所以他大都先上床睡了。

這一夜河野也照例先睡了，他總習慣在睡前看雜誌、報紙，這會兒也是邊看雜誌邊睡著了。

「小庸！小庸！」

河野的名字叫庸平。叫他時已是凌晨一點半了。

這兒雖說好歹是個家，但其實只是個八個榻榻米大的房間，外加一個四個半榻榻米大的餐廳兼廚房，即使是睡了，還是能感覺到千景回來。

「呃……」

睜開惺忪睡眼，只見千景站在和式衣櫃前解和服的衣帶。

「肚子餓了吧？」

「嗯！」

千景大多六點上班，在那之前她會先準備晚餐，如果因為做頭髮或打扮遲了，她就會事先打電話到公司去告訴河野她沒辦法燒晚飯，要他到外頭去吃。

這天河野的晚飯也是在外頭吃的，這會兒已是深夜，肚子是有點餓了。

「人家給我包了好吃的壽司回來，起來吃吧！」

當時大戰方歇未久，物資還相當不富裕，壽司已經可以算是山珍海味了。儘管有些睡意，河野還是爬了起來。

在睡衣之外，千景又披了一件長袍，這才解開盒子上的繩子。

「你看，看起來很好吃吧！這家『菊壽司』，可是新宿第一流的店喔！」

壽司大概是才剛做出來罷，還有點溫溫的，河野在睡衣外又加了件棉袍，跟著在被爐前坐下。

千景於是拿了小碟和醬油過來，放在河野面前。

「味道怎麼樣？」

「嗯，好吃！」

這和河野大學時代吃的、或是下班路上吃的便宜壽司在魚的大小、味道上都截然不同。價格大概也是幾倍以上罷。

「妳不吃嗎？」

「我不吃了，剛剛才吃過而已。」

千景邊說著，邊滿足地看著正自大口吞嚥的河野。

「誰買的呀？」

「一起去吃飯的客人呀！他喜歡和我聊，常到店裡來。」

「那人是幹嘛的？」

買壽司讓千景帶回來是蠻感謝的，但河野有些擔心對方太纏著她。

「他姓大村，是一家大型纖維公司的部長喔！」

「他看上妳了吧？」

「大概是吧。」

「妳也不討厭他吧？」

「傻瓜！我有小庸了不是嗎？快別說傻話了！」

「可是妳們女人總是怕賴漢吧？」

「那個部長人並不壞嘛！他很紳士的，只是以客人的立場照顧我而已嘛！」

「要真是這樣就無所謂了。」

「他和我差了兩輪多耶！雖然他有錢、又是個部長，可是我對年紀那麼大的人沒興趣啦！只是因為他很照顧我，沒辦法我只好跟他去吃飯呀！」

河野的自尊心是被滿足了，但卻還是忍不住要再嘀咕幾句。

「他們反正都是喝公司的錢嘛！像那種人，多跟他們拿些錢來花花算了！」

吃著人家買的壽司，還說人家的壞話，的確是太不應該，但這其實也是沒錢、沒地位的男人一種自卑的表現。

「可就是因為他們那麼做、肯花錢，我們才能受惠呀！」

「嗯，這倒是。」

「我來泡茶哦！」

千景走到流理台那兒。河野立刻吃了一大半下去。

「今天晚上好冷喔！感覺上好像是今年最冷的一天呢！」

千景豎起長袍的領子，跟著端了茶過來，放在被爐這頭河野的面前。

「我全部吃掉喲！」

「吃呀！」

點點頭，千景輕輕笑了起來。

「幹麼？」

「看你吃得好像真的很好吃的樣子。」

「可是是真的好吃嘛！」

「太好了！」

千景深情地看著河野。臉上洋溢著博得心上人歡心的滿足感。

但河野突然想起給千景買壽司的這個男人來。

照千景所說，這男人年紀在五十歲上下，是大公司的部長，對她來說是個好客人。

河野開始想像這位中年紳士買壽司給千景的情景。這一想，他立刻覺得自己像是做了什麼壞事似的。

「妳怎麼跟他要這盒壽司的？」

「我只問他能不能帶盒壽司回家而已。」

「可是他以為妳一個人住不是嗎?」

「那倒無所謂,我告訴他我和我妹妹一塊兒住的。於是他就說,讓妳妹妹等到這時候還沒睡,太可憐了,就帶一盒回去給她吧!男人還真是蠢吔!」

「蠢?」

「因為他完全沒懷疑嘛!他做夢也想不到這會兒小庸正在大口大口吃咧!」

不知怎的,河野突然沒了胃口,剩下的是海苔卷和花枝,盡是些自己不太喜歡的,不過沒了胃口不單是為了這個緣故。

河野啜了一杯茶。

「怎麼了?不吃啦?」

「嗯!」

面對突然間什麼都不吃了的河野,千景投以詫異的眼神,但隨即站起身,往櫃子裡拿出棉被來。

「今天很冷,得多蓋一條被子才行。」

看著正疊著兩條被子的千景的背影,河野又想起那個男人。

他五十歲的話，家裡肯定有個過了四十五歲的妻子。小孩兩個或三個，老大也許都已經大學畢業了。在公司，他則是個部長，經常出入高級俱樂部，總之，社會地位不惡。

然而一反其地位與金錢，他的青春的的確確正在消逝當中。身體一天天走下坡的事實，他自己應該是最清楚的。

河野想起公司裡那個有點疲態的部長。

而這個男人之所以會到千景的店裡去，招待客戶固然沒錯，想追回已逝的青春、接近年輕小姐肯定也是原因之一。倘若不是為了這個緣故，沒有理由在打烊之後還請千景吃壽司，又讓她帶一盒回家。

千景說他是個紳士，這大概是因為他還得顧慮他大公司部長的面子，以及不想隨便追求免得遭拒的自尊心，背後其實只是中年男子慣有的那種好色心理作祟罷了。不，應該說絕大多數的男人都是這樣。

他答應千景讓她外帶了一盒壽司，又招車子送她回家。這也是想討年輕小姐歡心、別有用心的表現。女人也許會覺得男人這麼做很蠢，但對男人來說，其實並不見得只是玩玩而已。

想著想著，河野愈是覺得自己對那個男人做了件很壞的事。

利用女人鍾情於自己這一點，讓她去撒謊，好享受那男人的奉獻。這會兒就穿著棉袍，悠哉游哉地吃著。而這的確是情夫的最大幸福。

然而，現在正支撐著自己的青春其實也正一點一滴地消逝當中，河野心想。

當這青春消逝之後，自己又將如何？總不能像現在一樣靠著一個女人的癡情活下去罷。總有那麼一天，當自己也到了這把年紀的時候，或許也會像那個部長一樣，聽年輕小姐別有用心地說些好話，便拿出錢要對方和自己交往也不一定。

不！應該不是不一定，而是將來勢必如此。

人既然無法不老，那麼吃到別人的壽司，在女人身邊嘀嘀咕咕的或許也只是暫時而已。再過個兩、三年，等結了婚有了家庭，這麼好過的日子也就會跟著消逝了。

到了那時候，自己是再不能嘲笑買壽司給小姐的那個男人了。

想到這兒，河野連忙抬起頭來。總覺得自己像個自以為是、沾沾自喜的男人。登時一陣焦躁，催促自己不該為這種事感到滿足。

「怎麼了？表情突然變得這麼可怕。」

梳妝台前已經卸了妝的千景說道。正因為是個女人，此時此地能和心愛的男人同處一室、相互慰藉，便已讓她感到十分滿足了。

「你不吃了吧？我先收起來，不然太浪費了，明天早上還可以當早點吃呢！」

千景將還剩三個壽司的盒子蓋了起來。河野則邊啜著已冷掉的茶邊將自己想像成可憐的男人。

「哎！已經兩點了吔！睡吧！」

光是走近，便聞到千景全身上下散發出的香味。那張淡妝的臉龐明顯表示正期待著夜的歡愉。

熄掉只剩下短短一截的菸，河野鑽進被窩。千景確認過門上了鎖，關掉房裡的燈，換上枕邊紅色燈罩的台燈，也跟著進了被窩。

過了凌晨兩點，四周果然是靜悄悄的，除了遠處傳來車子的喇叭聲之外，別無聲響。

昏暗的燈光下，河野又想起那個男人。

現在和將來，儘管有著時間上的距離，可以確定的是河野終將長至與男人同齡，迎接同樣的老年。

雖說明知那還是很久以後的事，但也預感到將會快得令人措手不及。

河野想像著自己年老的情景。再過個二十年，自己就四十六歲了，即將由中年邁入初老。沒有意外的話，屆時河野應該還會待在現在的公司罷。而且順利的話，或許會升到部長或是某個地方的分店長的位子，然後為了接待客戶而遊走夜城。

那個時候，對年輕小姐來說，河野雖然有地位，也有某個程度的經濟能力，但卻已經是個引不起興致的中年歐吉桑了。

不但這樣，就連那地位或是經濟能力能不能趕得上今天買壽司給千景的男人都還是個問題哩。

河野嘆了口氣。很少像今晚這樣，把老後的情景想得這麼徹底。就在這時，棉被裡頭千景悄悄地將腳挪了過來，意思是想做愛。

邊感受著她腳的柔軟，河野邊想著。

年紀輕輕，又這樣被女人寵著，還能吃別的男人買的壽司，正是一種福報。並不是每個人都能有這麼奢侈的享受的。這是年輕的特權以外多餘的收穫。

既是多餘的收穫，自然不可能總是這麼幸運。就像人會一日老似一日一樣，自己總有一天也會長到和他一般的年紀。

到那時，倘若自己站在他今天的立場，也來和他一樣，當個聽年輕小姐的、默默地買盒吃的讓她帶回家的男人好了。

即使那東西最後被等在小姐家的男人給吃了，也不一一追究到底。不因為這種事生氣或是憤憤不平。

現在自己既然能享受這種福分，為日後的年輕人做這點事也是理所當然的。人都說因果報應，這因果確實是有的。不可能永遠都是鴻運當頭。既然曾享受過福分，歹運來時自然也該甘心領受。

河野想像自己年老時笑咪咪地買壽司給小姐的模樣，即使對方告以買給妹妹，自己也要言聽計從。

絕對不要打破砂鍋問到底。反正一定要買，就乾脆一點。他決心要當個即使被騙也欣然接受的有肚量、明事理的男人。

這是曾經享受過多餘的收穫的男人應盡的義務。

想到這兒，河野突然覺得輕鬆多了。這麼一來，對那男人既交代得過去，自己也總算能接受自己這略帶情夫色彩的狼吞虎嚥的模樣了。

三

眼前，廚師正大剌剌地捲著壽司。只見他將捲好了的按人順序從盒邊開始擺了進去。

看著廚師裝盒，廣美悠哉地喝著剛沏好的茶。

見此情景，河野開始回想和千景在一起到底是幾年前的事了。

當時正值大學畢業後的第三年，也就是二十六歲，距離現在等於有二十三年了。

而這個女孩是不是也和當年的千景一樣，要求客人讓她外帶吃的回家，在這麼深的夜裡給自己心愛的男人吃呢？

「這客人好像還挺喜歡我的，都快五十歲的人囉！」

邊這麼說著，廣美邊把吃的遞給等候多時的男人。男人也許穿著棉袍，吊兒郎噹地起身將壽司塞了滿嘴。

「好吃嗎？」

「嗯！挺好吃的。妳不吃嗎？」

「我在那兒吃夠多了。」

「不過那男人可不知道吃的人會是我，還買了讓妳帶回來，真夠蠢的！」

男人用手一個個抓著吃了下去。看著他吃，廣美心滿意足地倒著茶。

人似乎比較會想像自己曾經歷過的事。因為人總以為自己這麼做，別人大概也會這麼做。

千景和河野的關係恰比廣美和那個男人，如此而已，這當中除了二十多年的歲月差距之外，沒有分毫不同。

這盒壽司到底會給誰吃，河野愈來愈抑制不下心裡的好奇。那既不是怒氣也不是懊惱。只是不確認一下不能安心。一旦確認，他相信自己就能沉靜下來。

「妳家在哪兒？」

河野小心翼翼地迂迴著問。

「神宮前呀！部長呢？」

「我住澀谷。」

「哇！那很近嘛！可以送我一程嗎？」

「好呀！」

廣美的口氣聽來似乎毫無顧忌。河野又抽出一根菸來點上了火。

「妳是住大廈嗎？」

「不是，我哪是那種身分呀，我住的只是一般的公寓而已。」

吐口煙，河野這才提出勇氣問道：

「妳一個人住嗎？」

「剛開始是，可是現在和妹妹一起。」

「妹妹……」

剎時，河野倒抽了口冷氣。看來自己的擔憂或許就是件事實罷。二十多年前的事彷彿又重演了。

「怎麼了？」

「呃，沒什麼……」

「我老是讓我妹妹打掃、燒飯的，所以偶爾買個壽司回去讓她高興一下。」

「妳妹妹多大了？」

「小我兩歲，二十一歲。」

廣美答得很順。撒謊應該不會這麼順罷？

但轉念一想，河野又不安起來。看她答得這麼順，該不會是一天到晚都在撒謊罷？就因為自己曾經和這種女孩在一起，所以愈發沒有自信。

「妳妹妹大概已經睡了吧？」

「大概吧！不過要是告訴她有壽司，她一定會高高興興地起來吃的。她最喜歡壽司了。」

我也是這樣哩！河野想起一個不是妹妹的黑頭男子正吃著壽司的情景。

「部長不必買吃的回家嗎？」

「家裡的人反正都睡了。」

「可是買回去的話，他們會很高興吧？」

「現在已經不必再討老婆歡心了啦！」

不管怎麼壓抑，河野的心就是靜不下來。

儘管不敢相信，但他覺得自己也許是在嫉妒。

若說是嫉妒誰，對方其實只是個陌生的、想像中的男人。

但這個男人即將要吃這盒壽司。讓老子付這個錢，然後這對男女就穿著睡衣邊調情邊吃。

兩人也許還會相視大笑道：「真是個蠢部長！」哩！

河野突然覺得有點待不下去了。他突然討厭起待在這兒悠哉地等著人家裝壽司盒的自己來了。

「怎麼了？部長，怎麼一下子就不講話了？」

「沒有……」

「在想工作上的事嗎？」

「只是忽然想起過去的事罷了。」

「過去的事？」

「呃，跟妳無關的事啦。」

河野又急急點了根菸。

淨想這些事，實在太無聊啦！只不過是一盒壽司罷了，需要這麼吹毛求疵嗎？

即使這盒壽司會被等在家裡的那個年輕男子吃進肚子裡，如果他能因而感到愉快、飽腹，那也未嘗不是件好事呀！

總之，一想起自己過去的事，他就沒理由抱怨了。

青春終歸是要消逝的，唯獨因果報應絲毫不爽。自己應該是起過誓的，有那麼一天，當自己老了，也要像從前那個男人一樣，能不帶妒意，從容自在地買吃的給小姐帶回家。

事情實在來得太快了，老實說，原本以為還早得很哩。但不管是早是晚，總歸是遲早的事。既然如此，那就來得越早越好。這樣心情反而比較輕鬆，如今事情就在眼前，豈不甚好？

「好了！讓您久等了！」

清亮的話聲甫落，廚師隨即越過櫃台遞來壽司盒。

「那我就收下囉！」

「別客氣！」

河野佯作平靜，站起身來。

「謝謝招待！真是太好吃了。」

廣美老實答謝道。

走出店外，已經一點鐘了。深夜的銀座還是車水馬龍的。在K會館前，河野攔住事先聯絡過的計程車，跟著坐上車子。

「那麼，可以先送我回去嗎？」

「嗯，好呀！」

河野現在對廣美並沒有特殊的企圖，真要有企圖的話，應該再帶她到六本木或是赤坂去邊喝酒邊煽情才對。但眼前並無心如此費事。

而且，一盒外帶所引發的這些莫名其妙的想像也讓他對廣美失去了興趣。

車子由電通大道朝日比谷方向行駛。

「今天真是愉快！」

「真的嗎？」

儘管在吃壽司，有一搭沒一搭地聊天當中，河野突然變得心不在焉，但廣美卻仍興高采烈。

「下回再找我喲！」

在交錯的光線中，廣美回頭對河野說道。原以為的那張娃娃臉這會兒卻變成一張帶著嬌媚的女人的臉。

這個女人果然也是不簡單哩！看似一派純真無邪，其實應該是和男人同居在一起罷。雖然她自稱在此之前當過女服務生，但會不會是因為和那種不中用的男人同居，日子過不下去了，這才決定到俱樂部去上班的？

河野的想像力又朝陌生男人那頭發展了。

車子經青山大道往澀谷方向開去。在二段的十字路口往左拐，來到第二條路的轉角處時，廣美傾身向前。

「呃！司機先生，到這兒就行了！」

只見兩、三家彷彿小吃店的店亮著燈，附近只有昏暗的大樓和住宅，顯得十分冷清。

「那……部長，我就先下車了！」

「妳家在哪兒？」

「就在這條巷子進去的地方，走幾步路就到了，在這兒下就行了！」

儘管已來到住家附近，卻根本不告訴他究竟住哪兒。正是有男友的陪酒女郎慣用的手段。廣美似乎也不想清楚交代自己的住處。

「呃！」

看著小巷入口處，河野點點頭。

「那，部長晚安！」

「晚安！」

一下車，廣美揮揮右手作勢告別，待車子一開動，見她左手提著那盒壽司，立刻跑進巷子裡。

「請問接下來要到哪裡？」

「到澀谷南平台。」

「是！」

車子作了個迴轉，再次奔上青山大道。

再過不久就是聖誕節了，大馬路上滿溢著各種光影。只見餐廳透明的玻璃窗裡亮晃晃的，作各色打扮的男男女女相對進餐。

「真服了她了！」

河野不經意地喃喃說道。

「什麼？」

被司機這麼一反問，河野才察覺自己竟然在自言自語。

「呃！沒事。」

打了個呵欠，河野闔上眼睛。他想像著廣美在四坪大的屋子裡換衣服的情景。她還泡了茶，然後把腳伸進被爐裡。

「吃嘛！」

廣美笑道。

「我真是糟糕咧！」

這回河野在嘴裡嘟嚷著，免得被司機聽見。

都快五十歲的人了，竟然還不能大徹大悟，非但如此，年紀愈大，妒意愈深。

這到死都改不了吧……

看著光影流洩的窗外，微醺的河野驚覺自己竟如此匆匆走過二十多年的歲月。

謀殺胎兒

一

「幸坂醫師！您的病房有新的病人住進去了。」

幸坂醫師一到護士值班室去，護士長松浦茂子便迫不及待地告訴他。

「幾號房？」

「三一二號房。名叫佐野久美子。」

護士長從病歷架上抽出新進住院的病歷表來。這天是星期五下午，沒有手術要做，護士們都圍在中間那張桌子前疊紗布。

「才二十一歲呀？」

「只看臉的話，很難想像她肚子已經那麼大了。」

護士長正在回答時，幸坂突然大聲叫道：

「這是什麼？」

「怎麼了？」

「Abortion嗎？」

「好像是。」

所謂 Abortion，就是墮胎的英文，拿掉胎兒的意思。

「是誰下這個指示的？」

「是井田醫師根據轉來的病歷作的診斷。」

幸坂又看了一次病歷。住院病歷表後面夾著轉來的病歷。

——住院，並施以人工流產。

病歷上的確是這麼寫的，後頭還有井田主任 Dr. K. IDA 的簽名。

「奇怪嗎？」

「不是什麼奇不奇怪，她都已經八個月身孕了耶！」

「沒錯！」

「什麼沒錯？八個月身孕了還要拿掉，妳說這到底是怎麼回事？」

護士長不回答，倒回頭去看她的預約住院單。

「井田醫師不會是瘋了吧？」

「怎麼會……」

護理長責怪他。

井田這位前輩比幸坂還大上一輪多，是這家城東醫院婦產科的主任，和幸坂這種兩年前才從大學畢業的新進醫師當然不一樣。想不到像這樣的老手竟然也會魯莽到要拿掉已經八個月大的胎兒。

「是不是弄錯了？」

「可是這好像是她本人的意思喲！對不對？內山！」

護理長朝正在後頭疊紗布的年輕護士問道。

「我剛剛拿住院手續的資料去給她，她還問什麼時候動手術呢！」

「呃！今天晚上開始要插管了。」

所謂的管子，指的是連著一顆軟橡皮球的橡皮管。為月數較多的胎兒作人工流產時，便用這管子插進子宮，然後等子宮口開。

插入時數依懷孕月分多寡而有不同。若是五個月大，則得先插入兩天，等子宮口一開，便動手術將胎兒取出。

「八個月大的話，已經幾乎是完全成形了，這樣還要拿掉，簡直太過分了！」

幸坂不記得在大學裡曾學過要拿掉八個月大的胎兒的。總之，八個月大的話，不該流產，倒應該要早產。

「這不是胡來嗎?護理長。」

護理長今年四十一歲。自從二十歲成為正式的護士之後,便一直在這家醫院服務。五年前當上婦產科的護理長,是個經驗豐富的老手。幸坂因為是醫生,所以從來都直呼其名,但要論經驗的話,年輕的他根本是望塵莫及。

「我也從來沒聽說過,不過這是井田醫師的指示。」

也許是顧忌井田醫師罷,護理長回答得有些含糊。

「大學裡絕對不會做這種事的,真要做了,會被教授給罵死了。」

該不會是因為自己年輕所以被人瞧不起罷?幸坂只得抬出大學來。但護理長仍舊沉默不語。

「真教人不敢相信哩!這一來我可要懷疑井田醫師的醫學常識了。」

「可是井田醫師有井田醫師的想法呀!」

「再怎麼有他的想法,就是沒有拿八個月大胎兒的道理。眼睛、鼻子都長出來了,讓他生下來都還養得活呢!」

「這事我不太清楚。既然是井田醫師的指示,就請您問井田醫師吧!」

「我當然要問!再怎麼樣,我都不會讓他們這樣胡來的。」

說罷，幸坂便拿著病歷衝進走廊。

二

城東醫院原本是家庶民區的慈善醫院，中途被都政府接收過去。共有八十個床位，以公立的綜合醫院來說算是小巧精緻。

不過它歷史悠久，建於大正時代，十五年前才又改建為鋼筋建築。儘管如此，裡頭的牆壁卻已然斑剝，十分地老舊。但由於位於人煙稠密的庶民區，交通方便，因而院裡仍舊是患者絡繹不絕。

婦產科主任井田敬一郎是在六年前來到這家醫院的。

在此之前他是M大學附屬醫院婦產科的副教授，不知為了什麼緣故突然辭職不幹，這才轉到這家醫院來。

沒有人知道公認為未來的教授候選人井田究竟為什麼會辭去大學的職位，轉到這家雖是公立、但卻位在庶民區的小醫院來任職。

總之眾說紛紜。有人說是因為他太優秀了，才會被教授趕走；也有人說是因為他本人對大學的權威主義頗不以為然的緣故。但不管是哪一說，反正都不是出自他的口。

他只是笑笑地說，單純是心境的改變罷了。無論如何，到城東醫院來算是委屈了他，這一點是絕對錯不了的。

井田現年四十五歲，以婦產科醫師來說，現在正是醫術圓熟、事業起飛的時候。也有年輕醫生因為仰慕他，從大學直接到這兒來請教他。與其在學校鞠躬哈腰地讓那種高高在上的老師教導，倒不如請教井田主任來得既輕鬆又省事多了。

幸坂之所以會從學校轉到這家醫院，也是衝著井田主任來的。他希望能和他一起診療、手術，早日成為一個能獨當一面的醫生。

可如今這個井田居然會下這種超乎常理的指示，說是要拿掉一個已經八個月大的胎兒。這一來任誰都不得不感到驚訝了。

拿著病歷，幸坂直上三樓的主任室去敲門。

下午沒有排刀，井田應該在主任室裡。

「怎麼了？」

看到幸坂臉色大變地衝了進來，井田將眼神從正在看的書上移開。

「您知道這個嗎？」

幸坂將手上的病歷遞了出去。

「這是今天住院的佐野久美子。請您看一下您下的指示，住院、墮胎。」

井田主任接過這份轉來的病歷。

「這怎麼樣呢？」

「她已經懷孕八個月了。」

「呃！坐吧！」

井田似乎了解幸坂要說些什麼，讓他在對面椅子坐下之後，井田從口袋裡掏出菸來。

「這確實是您的指示嗎？」

「是呀！」

用桌上的火柴點了菸，井田緩緩地吸了一口，這才說道：

「以醫學常識來看，就像你說的，要把一個八個月大的胎兒拿掉確實不尋常。」

自己的主張得到認同，幸坂的表情輕鬆多了。

「但那總歸是個原則。」

「那您的意思是說，在這個病人身上這原則是不適用的嗎？」

「你診斷過她了嗎？」

「沒有！」

幸坂一時語塞。自己既然已受命為主治醫師，就應該要先為病人診療才對。有任何不滿，也應該是在那之後再說。未作診療便逕自跑來，說輕率也確實是輕率。

「我是因為剛剛在值班室看到病歷，一時太驚訝了，這才……」

「其實那個病人還沒有結婚呢！」

病歷表上的配偶欄的確是空白的，而填著過去的懷孕經驗及生產經驗的地方也給填了個「無」。

「可是既然是已經懷孕了，那當然是有個男人囉！」

「是有，但不知道他人在哪裡。你問她就知道了，她說是打從離開她那兒之後就再也沒回去過了。」

「可是即使是這樣，要拿掉一個已經八個月大的胎兒，畢竟還是個禁忌呀！」

「禁忌嗎？」

手夾著菸，井田低聲說道。

「如果是三、四月還沒話說，八個月的話生下來也許都養得活呢！要是就這樣掩人耳目做了下去，萬一被人發現了，不就算犯法了嗎？由我這種小輩來說這些話也許失禮，可是根據優生保護法，只有在父母有遺傳病時、母親體弱不堪懷孕時、或者經濟條件極度惡劣、無法養育孩子這三種狀況才能這麼做的。」

「一點也沒錯。」

「您認為她合乎這三者當中的哪一個呢？」

「呃！很遺憾，並沒有。」

「這麼說就是要犯法囉？」

幸坂不曾用這麼無禮的口氣對井田主任說過話。雖然心裡一邊覺得自己說得太過了，但話一出口便停不下來。再說，他自信自己說的並沒有錯。

對方再怎麼是老資格的主任，有不對的地方自己還是不能不作聲。

「犯了法要怎麼辦呢？」

「不要寫八個月就好了嘛！」

「您說什麼？」

「就寫三個月或四個月，那就和一般的墮胎沒有兩樣了。」

「怎麼可以……」

幸坂驚訝得說不出話來，正因為自己向來覺得對方是值得尊敬的前輩，打擊因而更大，這種醫生簡直就是頂風臭四十里。

「那樣太卑鄙了。」

「或許吧！」

「主任！」

幸坂這下子真的生氣了。不惜犯法來墮掉一個八個月大的胎兒這點當然教人生氣，但當人家出「卑鄙」兩字時，他卻只是點點頭說句「或許吧」，這種無所謂的表現更教人怒火中燒。

「您瘋了是嗎？總之我反對動這種手術！」

「那可傷腦筋了！我還在想今天晚上要叫你插管哩！」

「可是我做不來那麼殘忍的事。」

「那就叫野川做吧！」

野川高幸坂三屆。婦產科裡，井田之下有野川和幸坂兩位醫生，住院病患的主治由兩人分擔。井田則除了朋友、或者經人介紹而來的病患之外，並不直接受理。

「我想就連野川醫師聽到這事也會反對的。到大學附屬醫院去問那些教授，他們也一定會說不行。」

「應該是吧！他們只是待在大學裡讀些無聊的書，對病患的實情根本就不了解。」

「不！這不是了不了解病患實情的問題。要殺一個已經滿八個月大的健康胎兒，這明顯違反了人道精神，絕不是一個堅守人道主義的醫師所應該做的。」

「人道主義嚒？」

井田無聊似地用手支著下巴。

「我沒想到您是這麼隨便的人。」

「不必談我了。反正你無論如何就是不能插管是嗎？」

「對不起……」

「我知道了！」

「如果主任因為這件事生氣，就算把我開除了也無所謂的。」

「呃！不會的。只要一有人跟我唱反調，就開除他的話，醫生再多也不夠。」

這時，井田站起身來。

「總之我已經了解你的想法了。那你能不能找個時間和病人見個面談一談？」

「我想談也是白談吧！」

丟下這句話，幸坂行了個禮，便快步走出井田的主任室。

三

雖然在主任面前瀟灑地盡吐胸中怨言，但幸坂仍舊有些掛意三一二號房的病人。反對歸反對，但還是有必要直接問病人為什麼會想把孩子拿掉，以及在這之前她到底都在做些什麼。

走出主任室，幸坂便直接走到三一二號房去。這是個有著六張病床的大病房，新來的病患就躺在右側窗邊的床上。

「妳是佐野久美子小姐嗎？」

幸坂說道。只見床上的病患點點頭，跟著拉緊領口坐起身來。

她的身子不大，臉也很小，但畢竟是懷了八個月身孕了，下半身顯得有些笨重。任誰見了這模樣，都會認為她是來住院生產的，絕想不到竟是為了墮胎。

「我要寫妳的住院病歷，所以想要問妳到目前為止的種種經過。」

佐野久美子老實地點了點頭。

「能不能請妳到值班室旁邊的診察室來一下？」

若在大病房問，其他的病患會聽得見。既然是八個月身孕都想墮了，肯定是有些不足為外人道的複雜因素，如果有旁人在，說不定連該說的也都不說了。為此，沒有閒雜人等的診察室是比較妥當的。

過了十分鐘，佐野久美子出現在值班室旁的診察室裡。在方才那件小碎花的衣服之外她又加了件紅條紋的長袍。

坐著時看起來骨架小，沒想到一站起來卻這麼大個兒。她的下半身比上半身長。若不是因為懷孕，身材肯定極好。

進診察室，右手邊拉簾後方有個診察枱，枱前放了簡單的桌椅。

「請！」

只見佐野久美子怯生生地走了進來，幸坂對她指了指桌前那張圓椅子。環顧了一下四周，她這才坐下那已八個月身孕的笨重身子。

再次面對面，幸坂發現她鼻子很挺，有著漂亮的雙眼皮。頭髮中分，在肩頭處略微捲曲。

單看她這張臉的話，直像個少女一樣，但那副懶洋洋地，肩頭隨著呼吸起伏的模樣，卻正是個不折不扣的孕婦。

這麼一個楚楚可憐的女孩，卻要教她拿掉八個月大的胎兒，幸坂不免又對井田的指示生起氣來了。

「我要問妳一些比較深入的問題，當然是以醫師的身分，請妳要老實回答！」

「好！」

佐野久美子以微弱得幾乎聽不見的聲音答道。

和年輕病患在這樣的小房間裡談話，幸坂是有點擔心的。他自己因為是醫生，當然不會有什麼特別的感受，但有時當病患意識到對方是年輕醫生時，連該說的話也會不說的。

就這個層面來看的話，婦產科醫師其實還是年紀大的比較適任，但如今說這些也是無濟於事。

點了根菸，幸坂這才開始發問。

「懷胎八個月，妳卻決定要墮胎，這是妳自己的意思嗎？」

佐野久美子兩手置於膝上，點了點頭。

「無論如何都不想生嗎？」

「……」

「再過一個月多一點，就可以生個健健康康的小貝比了吔！」

佐野久美子並不答腔。低著頭，只見她髮際蒼白。

幸坂自覺再就此事追問下去實在太殘忍了，於是改變話題。

「妳家住沼津，妳是從那兒上東京來，到K貿易公司去上班的是嗎？」

「是的。」

「冒昧請問妳一句，他是做什麼的？」

「樂隊隊員。」

「這麼說，都待在夜總會囉？」

「嗯！」

「妳和他有了感情懷了孩子，那現在他人呢？」

「走了。」

「到哪兒去了？」

「一開始是新潟那邊，因為是樂隊，所以四處旅行。」

「但他知道妳懷孕的事吧？」

她輕輕點頭。

「知道卻不回來？」

「八月回來過一次，然後又走了。」

「妳和他同居過嗎？」

「到四月為止都還住在一起，後來就漸漸不回來了。」

「他說要拿小孩怎麼辦？」

「……」

「什麼話都沒說嗎？」

「他說隨我。」

「他寄錢給妳用嗎？」

「沒有。」

「錢也不寄，自己方便時才突然出現，又知道已經有了小孩，這男人真是太自私了。」

容易激動的幸坂光是問話就開始生氣了。

「妳不知道他是這種自私的男人嗎？」

「……」

「剛開始不管了，後來應該知道了吧？」

「嗯！」

「既然知道，為什麼不馬上把孩子拿掉呢？妳應該知道三個月、四個月的時候比較容易吧？」

好一陣子，佐野久美子只垂著眼，久久才說道：

「有一次他說要讓我生下來。」

「什麼時候？」

「六月的時候。」

六月的話，懷孕月數算算才剛滿三個月。要拿掉的話，那時候是最適合的了。

「但之後又說隨妳，人就跑了是嗎？」

「可是有時候會回來。」

「然後又跟妳說要讓妳生？」

「那倒是沒有。」

從她的話來推測，打自初夏開始，整個夏天她似乎都在為要生不生而猶豫不決。

「可是八月以後他就都沒回來了吧？那時候妳為什麼不乾脆死了心呢？」

儘管事情已經過去，但幸坂仍舊為此感到遺憾不已，如果那時就到醫院來，還是可以來得及的。

「那之後他也常打電話給我。」

「打電話說什麼？」

「沒說什麼。」

「要生下來或是拿掉，他都沒說吧？」

「嗯……」

「當時他人在哪兒？」

「他不告訴我。」

「難道妳不懂那種男人等了也是白等嗎？」

幸坂又氣起來了。那男人確實是不負責任，但如果這女孩當時決心堅定一點的話，也不至於搞到這個地步。她放棄得太晚了。

「妳真是的！」

被人這麼罵，佐野久美子又垂下頭。

「那這次妳真的死了心了？」

「前陣子我聽說了他人在哪兒，跑去找過他了。」

「哪裡？」

「大森。」

「那不就在東京嗎？然後呢？」

佐野久美子一會兒叉著手，一會兒又放開的。半晌，這才嘆了口氣抬起頭來。

「他和別的女人在一起……」

「同居嗎？」

佐野久美子點點頭，隨即用雙手遮住眼睛。

「這男人太過分了！」

幸坂捻熄了菸頭。如果這男人現在就在旁邊的話，他一定要狠狠地揍他一頓。這人簡直就是個採花盜嘛。

「妳等了他那麼久，他怎麼可以和別的女人在一起？」

就在幸坂大怒的同時，佐野久美子也哭了出來。沒奈何，幸坂只得盯著病歷。

「那這男人以後都不會再來找妳了是嗎？」

佐野久美子從長袍口袋拿出手帕貼了下眼睛。是條有著漂亮的刺繡花邊的水藍色手帕。

「妳現在還愛那男人嗎?就算他再回來,妳也不會想和他在一起了吧?」

「他不會回來的。」

「我是在問妳,妳到底還愛不愛他?」

佐野久美子只管哭,卻不回答。

看來儘管被人如此離棄,這女孩似乎還是對他念念不忘。與其說是對他的愛意,或許應該說是對腹中胎兒的一份感情罷。

「妳老家父母知不知道妳肚子已經這麼大了?」

「不知道。」

「真傷腦筋!」

幸坂真是沒轍了。照這樣下去,連他都想同意井田主任的意見了。

「妳要知道,拿掉八個月大的胎兒可不是件簡單的事喲!因為這不叫流產,這叫早產,和一般的生產一樣是件大事喲!」

「……」

「妳肚子裡的孩子別說是手腳了,就連五官也都清清楚楚的,順利的話,生下來甚至還養得活呢!」

佐野久美子的肩又開始不住地顫抖了。再說下去只會讓她哭得更傷心而已。但即使殘忍，這個節骨眼兒還是非得說教不可。

「再怎麼說，要拿掉都已經長到八個月大了的胎兒還是很少見的，這等於是殺人喲！這麼做的話，妳我都成了殺人犯了。」

聽到這兒，佐野久美子終於放聲大哭。

「不只是孩子，連妳的身體也會受很大影響。弄不好，說不定沒辦法再生孩子了。」

「真的嗎？」

邊抽噎著，佐野久美子邊反問道。

「呃！我是說最壞的情形。」

幸坂連忙更正。的確是會有這種危險，不過醫生有責任不讓這種事情發生。

「肚子裡的孩子已經會亂動了吧？」

胎動一般始於五個半月，換句話說，她已經感受了兩個多月了。

「這樣妳還是要拿掉嗎？不想生下來嗎？」

佐野久美子噤口不答，只是遮著眼睛，一副陷入沉思的模樣。

「妳才二十一歲，是還很年輕，人生才要開始而已，可是……」

說了可是之後，接下去該怎麼說呢？幸坂一時找不到適當的詞兒。

「總歸一句話，懷了八個月身孕還要拿小孩簡直是豈有此理！我相信沒有哪個醫生會願意做的。因為這根本就是犯罪嘛，要是讓警察知道了，我們會被抓的！」

「對不起！」

佐野久美子深深俯下頭。看似柔細的頭髮因而遮住了哭濕了的臉龐。

「他真的不會回來了是嗎？」

不知不覺間，幸坂竟然開始對那男人有了期待。如果他會回來，應該還是把孩子生下來比較好。

「妳一個人大概養不起吧？」

這時佐野久美子突然抬起頭來。

「如果你們無論如何都不肯幫我拿掉的話，那我就自己養活他。」

「這是真心話嗎？」

只見她哭喪著臉，緊咬著唇。一聽到她要自己養，這回輪到幸坂慌了。真的行得通嗎？認真想像眼前這女孩帶小孩的情景就教人不安。

「靠妳一個女人能養他長大成人嗎？」

「沒辦法呀！」

「呃！倒不是說完全沒辦法啦！」

突然間，佐野久美子站起身來。

「請讓我一個人靜一靜！」

「好，不過妳還是要仔細想想！」

幸坂說道，事實上，他早就想一個人靜一靜好好想一想了。

四

隔天是禮拜六。

清晨，幸坂以輕微頭痛為由向醫院告假，但其實感冒並不是什麼大病。真要說起來，不過就是為昨天和井田主任的一番爭論感到氣悶，不想去上班罷了。

禮拜六是半天，只要告假，隔天又是禮拜天，就有兩天不必見到主任。幸坂覺得，只要有這麼一點時間上的間隔，爭論後的不愉快也就過去了。

可是身體又不是特別不舒服，整天待在屋子裡也不知道做什麼好。於是捱到傍晚，他便打電話將高中時代的老同學，在商業公司上班的今村找出來一起喝酒。

在新宿接連喝了三家，喝著喝著，終於談到佐野久美子。

「你說呢？是不是不該做這種事？」

說明了和主任爭論的經過之後，幸坂徵求今村的同意。

「那太過分了！你們醫院會做這種事，那我女朋友可不能交代你們哩！」

「呃！這次算是特例。」

「幫這女孩墮胎比一般生產要賺得多。你們是為了這個吧？」

「不是的。我們是公立醫院，不管是賺是賠，對醫生都沒有直接的影響。就算是主任他也不是為了要賺錢，這點是可以確定的。」

「可是如果不願意，拒絕不就得了？」

「是呀！」

「哎！談這些醫院的事真無聊，我根本出不了什麼意見嘛！不過想到有你這麼一個正義之士，還是覺得蠻安慰的。我看你就別向那老頭子醫生屈服，走你自己認為該走的路吧。」

幸坂倒不覺得井田主任是老頭子，不過被今村這麼一打氣，心裡有說不出的受用。

這等於說明了自己的想法並沒有錯。

有了自信，幸坂乘興又喝了一家。回到家裡已經是凌晨一點多了。

拜此之賜，隔天宿醉臨頭。

睡到近中午，正起床看報紙時，津田繪梨子來了電話。

繪梨子是幸坂的女友，K大英文系畢業，現在在一家出版教育書籍的出版社上班。兩人預定明年春天結婚，繪梨子希望婚後仍繼續上班。

電話中她問幸坂要不要到她位在澀谷的家中吃飯，但由於昨夜殘留的宿醉，幸坂覺得意興闌珊。

「那我給你送飯盒去！」

與其到繪梨子家去還得見到她父母親，倒不如在家裡單獨和她見面要來得輕鬆多了。繪梨子應該也是同樣的想法。

講完電話，再看會電視，天馬上就黑了。十二月只要一過了四點就開始暗了。

看著暮色漸濃的窗外，幸坂又想起了佐野久美子。

在自己拒絕為她流產之後，不知道是不是由野川來接手。禮拜五那天，在那之後既沒再和主任說過話，也沒再上值班室去，五點一到立刻就下班回家了。當時野川因為上外頭診所去出差半天人不在院裡，沒法直接問他。

井田原本指示要在禮拜五傍晚作插管的流產處置，說不定那天他就親自做了。

依懷孕月數而有不同，若是八個月的話，得插大約兩百CC容量的橡皮球進子宮口。

作法是先將橡皮球消過毒，像雪茄一樣捲起來，再用手術鉗夾著插進子宮。此時得小心不能戳破子宮裡裹著胎兒的胎衣。插入子宮深處之後，再經由接連橡皮球的橡皮管輸入殺菌液。

輸入正好是已塞進裡頭的橡皮球的容量，伺子宮收縮時便關閉管子前端，使殺菌液不致逆流。

這麼一來，藉著橡皮球的壓力讓附著在子宮上的胎盤漸次剝落，促其流產。

但若欲加速流產，就得在管子前端裝置鉛墜，連接到床邊預先裝好的滑車，然後不斷地牽引橡皮球。

幸坂想像被人以橡皮球塞入子宮深處的佐野久美子的模樣。

原本就因為裹著胎兒，漲得大大的了，又給塞進偌大的橡皮球，她的子宮這會兒肯定漲得離譜。

當那東西塞入之後，就此便不能動彈，得拚命忍耐個三、四天，直到子宮口開，有分娩的跡象為止。

這段時間對女人來說是既冗長且痛苦的。同時，在這之後又將面臨折磨人的陣痛。那模樣既教人羞赧，又得忍受壓迫感，身為這樣的病人果真是一點好處也沒有。唯獨有的就是把和情人的結晶流掉而已。

以她那麼蒼白、羸弱的身子能耐得了三天、四天嗎?在夕暮中，當幸坂正想著佐野久美子時，繪梨子走進屋內來了。

「怎麼了?連電燈也不開。」

繪梨子穿著紅色的短夾克和喇叭褲，領子是年輕人的立領。

年紀雖已二十三，但或許是因為她男性化的打扮罷，看起來只有二十歲左右。

「肚子餓了吧?」

打開電燈，繪梨子立刻從流理枱那兒拿來盤子，跟著打開包裹。

飯盒有兩層，上層裝菜，下層裝飯。菜色有炸雞塊、鮭魚片、起士火腿卷等，都用鋁箔紙整整齊齊地隔開排放。

「請!」

聞言，幸坂拿起筷子，但卻沒什麼食慾。

繪梨子則燒了開水，泡了茶端過來。

「怎麼了？愁眉苦臉的。什麼事呀？」

「嗯！是有點事。」

幸坂之前就想過也來聽聽繪梨子的意見，總之不能見一個問一個的話，不能安心。

「我和主任吵了一架。」

既然是未婚妻，這對繪梨子來說也並非事不關己。只見她兩眼睜得斗大，幸坂於是簡短地說明了星期五以來發生的事。

「今村贊成我的看法，那妳呢？」

「我當然也覺得你對呀！」

雖說原就料到繪梨子會這麼說，但實際耳聞時還是覺得很高興。

「孩子都那麼大了，要拿掉簡直是罪惡嘛！換作是我，我一定會生下來。」

「即使男人不見了，走了？」

「別說這種不吉利的話嘛！即使你人不在了，我還是會生的。因是那總是我的孩子呀！」

「話是沒錯，但以後就得靠自己一個人帶著這孩子一輩子，那可是很辛苦的喲！」

「可是事情會演變成這樣，並不是那個人的責任呀！是自己因為喜歡才和對方發生關係、才懷孕的吧？而且肚子又已經這麼大了，自己當然應該要負起這個責任呀！」

「但以這件事來說，還是那個男人不好呀！」

「仔細一點的話，男人好不好都看得出來的。」

「可是真愛上了，即便知道對方是個壞男人，還是會糊里糊塗給拖了下去，不是嗎？」

「那你的意思是應該要拿掉囉？」

「呃！倒不是。」

和繪梨子談著談著，自己居然漸漸偏向井田那一方了。

「只是考慮到她的立場，覺得她是也有她不得已的苦衷就是了。」

「也許是有很多不得已的苦衷吧，可是就這麼拖到八個月，也太悠哉了。真要拿掉的話，也該趁早拿吧？」

「是呀！她就是太茫然了。」

「腦筋有沒有問題呀？」

「這倒沒有。」

幸坂想起佐野久美子那看似無依無靠的側臉。

「總歸一句話，都八個月大了才要拿掉，小孩太可憐了啦！因為這又不是小孩的錯，八個月大的話，都有手有腳了吧！」

「性別也都可以確定了。」

「太過分了！」

繪梨子誇張地皺了皺眉。

「不過，要生個沒有父親的孩子也是真的很辛苦哩！」

「沒這回事！」

繪梨子以強硬的口氣說道。

「說什麼小孩生下來就沒有爸爸太可憐了，那一套已經過時了啦！那都是男人自以為是的論調。八個月大了才被殺掉跟生下來沒有爸爸，哪邊比較幸運？」

「妳這麼說的話，當然是這樣囉！」

「就算小孩沒爸爸，也可以當個未婚媽媽呀！」

「可是這個作媽媽的就累了！」

「那是你們男人一廂情願的想法。生個沒有爸爸的孩子，女人未必就不幸呀！說不定還會因為生了孩子，生活有了目標，更加努力過日子哩！與其孤孤單單地變成老處女，還不如當個未婚媽媽吧！」

「嗯！話是不錯……」

「總之，拿掉小孩太過分了！」

的確，認為女人只要生了沒有父親的孩子就很悲慘的這種想法是太一廂情願了。但也不能因此就反過來說是幸福。說什麼因為生了孩子，生活就有了目標，這不過是女人莫名的逞強罷了。邊這麼想著，幸坂卻漸漸被繪梨子的說法給影響了。

「我之所以討厭醫生，就是因為他們什麼事都想用手術刀來解決。」

「我可是不一樣喲！」

「總之，你絕對得反對到底！」

「可是也許已經來不及了。也許已經作了墮胎前的措施了。」

「即使你沒去嗎？」

「嗯……」

邊隨口虛應著，幸坂邊想像被人以器具插入局部的佐野久美子那張痛苦的臉。

五

禮拜一，幸坂終於下了一個決定。

不管有什麼天大的理由，已經八個月大的胎兒就是不該被拿掉。一如法律所明文規定的，這麼做有違人道精神。濫用手術刀是醫生做得太過了。

反正上醫院去，如果佐野久美子正在接受流產前的處置，一定要把它拿掉。主任要是說話，乾脆就把工作辭掉，醫院又不是只此一家。

受到今村和繪梨子的鼓勵，幸坂作好悲劇主人公似的心理準備上醫院去。

禮拜一的時間安排是各自先到病房去看過自己負責的病人之後，這才去診療到醫院來看病的人。下午排刀，沒有手術的話便替病患作作檢查。

上午九點一到醫院，幸坂就先去巡房了，三一二號病房由他負責，他當然得去。

上病房的途中，他試探性地問跟在後頭、負責同一病房的小畑護士說：

「佐野久美子現在怎樣？」

「佐野小姐就是窗邊那位嗎？」

「禮拜五住進來，已經懷了八個月身孕的那個人。」

「她因為要人工流產，已經插管了。」

「什麼時候的事？」

「住院當天晚上，井田醫師做的。」

「不出所料！」

幸坂快步走到三一二號病房將門打開。一如先前，佐野久美子就躺在進門右手邊窗邊的病床上。

本就瘦削、三天下來愈顯瘦削的臉整個埋進寬大的枕頭裡。

「感覺怎麼樣？」

幸坂將臉湊近枕邊。

「嗯……」

佐野久美子的聲音有些沙啞。剛住進來時那漂亮的雙眼皮這會兒成了不規則的「三眼皮」。

「很難受嗎？」

「嗯！」

不管問什麼，她的回答都一樣。也許是因為臨盆在即，全身倦怠罷。

從護士手裡接過佐野久美子的病歷，幸坂打了開來。

在禮拜天的地方，井田寫了「子宮口、開大、三公分」幾個字。可見連昨天他都到醫院來看過她。

「妳還是要拿掉嗎？」

幸坂用只有佐野久美子才聽得到的聲量小聲問道。

「嗯！」

她似乎是答了這個字，但幾乎快聽不見了。

「事後不會後悔？」

「……」

「妳真的仔細考慮過了嗎？」

佐野久美子筆直朝上看的雙眼漸漸滲出淚水來了。

「現在也許還來得及喲！」

就這麼一句話讓佐野久美子別過臉，雙肩不住地微微顫抖。

再說下去，只會讓她大哭而已。她雖未明確回答，但從她掉淚看來，應該是還在猶豫罷。幸坂發覺四周的病人都朝這頭看，於是從她身邊離開。

巡過三一二號房，接下來又巡了三一三、三一五住了他病人的地方，幸坂這才回到值班室，把護理長叫來角落的沙發這邊。

「把佐野小姐的管子抽掉吧！」

「您要做什麼？」

「妳別管，只要照醫師的指示去做就行了。」

「我就是遵照井田醫師的指示去做的。」

「妳是說井田醫師的話算數，我的話就不算數是嗎？」

「你們的指示如果不能一致，我很難做事的。」

「所以妳就照我的意思去做吧！」

「井田醫師說過要抽掉嗎？」

「沒有，是我判斷應該要這麼做。」

「我拒絕！」

「什麼？」

幸坂自己都察覺到兩邊臉頰僵直了起來。

「難道妳贊成殺人嗎?醫學、法律都禁止的事妳要做嗎?」

「這點請您去問井田醫師。」

「那個病人她是想生的，禮拜五她就告訴我她想生，現在也還在哭哩!」

「生當然是想生。」

「既然這樣，沒話說了吧?」

「可是她也還是想拿掉。」

「這我可不懂了。」

「我覺得反倒是幸坂醫師您不了解她的心情，不要隨便主張比較好。」

知道兩人僵持不下，護士們打老遠擔心地盯著他們。幸坂儘管覺得難看，但事到如今已無路可退了。

「我了解她的心情，她就是想要孩子。」

「就算想要，生個沒爹的孩子要怎麼辦?」

「只因為沒爹就說他一定不幸，這種想法太封閉了。」

幸坂照繪梨子說過的說了一遍。

「想生就生，女人從這兒也能感受到幸福吧?像妳這種老小姐是不會了解的。」

「醫師！」

護理長眼神銳利地盯著幸坂。只見她五官凜然端正的臉上，眼睛卻異常發亮。無論如何這看上去就是一張不曾被男人愛過的罩著寒霜的臉。

「醫師，您太過分了，護理長太可憐了！」

護士主任主動插嘴說話。

「好了！妳別管！」

幸坂老實不客氣地喝令主任退下。而護理長則垂著眼立在幸坂面前。

「我說的沒有錯。從醫學上、人道上都沒錯，在大學裡人家也是這麼做。為什麼妳們不同意呢？為什麼不主動照我說的去做呢？任由他去的話，一個孩子可就沒命了耶！一條想要活在這世界上的小生命就消失了。為什麼不幫幫他呢？」

護士們遠遠地圍著幸坂和護理長，什麼話也沒說。

「不對嗎？護理長！」

護理長緩緩地抬起頭來，直盯著幸坂說道：

「我會遵照井田醫師的指示去做。」

「妳的意思是要幫他殺人嗎？」

「失陪了！」

丟下這句話，護理長穿過護士群，朝走廊走去。

六

下午，有個四十五歲的婦人因子宮癌要開刀。由井田執刀，野川和幸坂當助手。可以的話，幸坂並不想和井田一塊動手術，但既然是子宮癌手術，也就無可奈何了。手術從下午兩點開始，不到四點之前結束。手術中，除了「動脈止血鑷子」、「止血鉗」等等工作所需的字彙外，幸坂一句話也沒吭。

開完刀、洗過澡，回到醫務室，已經先一步回來野川說道：

「主任要你到他辦公室去一下。」

「什麼事？」

「大概是為了三一二號房病人的事吧！別太固執了！」

野川也已經知道了，為了消除緊張，幸坂先照了鏡子這才走出醫務室。

醫務室距離主任辦公室不到五十公尺，緩步走過去，敲了敲辦公室門，裡頭傳來井田的聲音。

「請進！」

再次調整過呼吸，幸坂將門推開。

只見井田正對著書桌在寫方才的手術紀錄。一見到幸坂，立刻站起身來，在靠近進門處、接待用的沙發上坐下。

「看起來好像還在生氣哩！」

「呃……」

幸坂輕垂下雙眼，我當然生氣了，不只如此，對你的行為我還很瞧不起哩！幸坂心裡其實是想這麼說的。

「嗯，也難怪你會生氣啦，不過在這兒我就是主任，他們會照我的意思去做。當然，相關的責任我也會扛起來。」

井田說話的口氣很平靜，但措詞隱然有股不容對方任性而為的強悍。

「我想你是不會說的，不過真要讓別人知道我們拿過八個月大的胎兒，那可就糟了。」

「既然怕別人知道，為什麼要做呢？」

幸坂瞪著井田。

「要論究竟違不違法的話，我們的工作就沒完沒了了。基本上，以人工流產的基準來衡量這件事是很奇怪的。一般都因著三個理由進行人工流產，也就是母體衰弱不堪懷孕、父母有遺傳疾病、經濟上不堪養育這三個，但事實上這是被擴大解釋了。總歸一句話，優生保護法本身就是條漏洞百出的法條。」

「可是一般的醫師依據這法條來施行流產的，至多是四個月大的胎兒。拿掉八個月大的胎兒實在是太過分了。」

「的確是過分沒錯，但有時也會有非得拿掉不可的理由。」

「可是她本人真的想拿掉嗎？」

「她想，她跟我明白地說了。」

「她跟我說她想生。」

「當然她也有那種想法。女人的想法總是善變嘛！」

「這麼說，也不能否定掉她想生下來的想法嘛！不是嗎？」

「不過想生下來畢竟還是以能夠和對方結婚為前提。」

「我不認為。都過了八個月，這不就證明她還是想生……」

「她一直在猶豫。」

「可是如果不要，應該早就處理掉了。」

「不！人沒那麼理智的，有時會在猶豫當中把八個月給拖掉了。」

「可是又不是個呆子。」

「那是男人的看法。」

「不！我從我認識的女孩子那兒聽說，她就算是被對方拋棄，肚子裡的孩子如果已經八個月了，她會生下來。」

「那個女孩就是因為沒有真正被男人拋棄過、困擾過，才能說得這麼輕鬆。」

「但拿掉八個月大的孩子畢竟還是一種罪惡呀！」

井田沉吟了半晌，這才說道：

「至少得有一個醫生願意做這件事吧？」

說罷，便從後頭書桌的抽屜裡拿出一封信來。

「你看看這封信吧。」

信上的收件人是M大學附屬醫院婦產科井田敬一郎先生，封底署名河瀨智惠子。

幸坂從已經剪開了的封口抽出折了兩折的信紙。

一共有兩張，但寫了字的只有一張。

醫師，我這就要到天國去了。和您接生的太郎一塊兒去。我還是沒法獨力養他。自從他出生之後，我連青春、作為年輕女性的快樂都沒有了。我累了！我是有一點恨您，如果當時您願意拿掉他，也就不會有今天了。不過這也是自作自受，怨不得別人。再說我也不能把您當成罪人。我和太郎，就要到只有我們倆的世界去了。再見了！醫師！

字是右斜肩的女性筆跡，但寫得並不好。不知是不是因為已經覺悟要死了，字的大小也不一致。

當幸坂又看了一次時，井田說道：

「這個人當時二十歲，也是懷孕八個月。」

「這麼說，您沒替她拿掉嗎？」

「因為這是七年前，我還在大學裡的時候，所以就依規定拒絕了她。不管她多次哭著求我替她拿掉，我還是拒絕了她。那之後還因為孩子體弱，來過幾次醫院。」

幸坂再度拾讀發黃了的信上龍飛鳳舞的字。

「當時要是替她拿孩子，也許就不會發生這種事了。」

「她什麼時候死的？」

「生下孩子之後第一年，帶著孩子開瓦斯自殺的。」

幸坂自覺彷彿窺見了自己從不了解的世界。在此之前自己似乎都只能從一種自以為是的角度去看待事物，這會兒突然間又有另一個世界在自己面前展開。他覺得自己過去對事物的看法其實是出奇地單純又墨守成規。

「她也曾因為男人跑了，要養孩子不得已下海陪酒。」

幸坂又想起被人以器具插入下體的佐野久美子的模樣來了。

「如果能不生孩子，也許就會忘了那個可惡的男人，重新過日子吧！」

「您的意思是孩子阻撓了她是嗎？」

「很遺憾，有時確實是這樣的。」

「可是這會不會是因為這個女孩自己的個性太軟弱了？」

儘管同意井田所說的，幸坂仍有些不滿。

「我不認為生了沒爹孩子的人就一定會不幸，一定得死。事實上也的確有人因為生了孩子活得更堅強的。」

幸坂又借用繪梨子說過的話。

「不是嗎？」

「就像護理長嗎？」

「什麼？」

「你不知道護理長的事嗎？」

「護理長怎麼了？」

幸坂只知道護理長從年輕到現在一直都是單身。

「她也是在猶豫不決中過了五個月，不得已只好把孩子生下來。是個女孩子，現在應該是在上大學了。」

幸坂從未耳聞過這件事。

「有一回我無意中提到這個自殺的女人，她就對我說了這件事。她好像從來不曾告訴過別人，我想大概是沒結婚吧！」

「可是護理長怎麼會拖到五個月……」

很難將這段往事和今天這個有生理常識、做事又俐落的護理長聯想在一起。

「大概是那個時代肚子大到五個月，沒有人願意幫她拿，所以只好生下來吧！」

「那之後一直都沒結婚嗎？」

「好像有過喜歡的人，可是因為有孩子，結果還是下不了決心。」

「這麼說，她後悔生下孩子囉？」

「她倒是沒這麼說，只是說如果沒生下孩子，她覺得自己可以過得更愉快、更多采多姿。」

「那她就一直帶著這個孩子過日子嗎？」

「她是護士，有經濟能力倒還算好，不過畢竟還是從二十一歲開始就守著一個孩子孤伶伶地活到現在。」

幸坂真想這會兒就衝去向護理長說聲抱歉。對自己責罵她是老小姐、責罵她什麼都不了解這些個全都感到羞愧不已。

雖說要拿掉八個月大的胎兒是太殘忍了，但他之所以堅決反對到底，或許是因為這當中還隱藏了對自己一路走來的過去的那分憾恨罷。

「說起來，這護理長也真是可憐哩！」

井田將遺書的信紙放進信封裡。

「也許真的如你所說的，拿掉八個月大的胎兒是太殘忍了，但因而被孩子綁一輩子的女人說可憐也是挺可憐的。」

幸坂這會兒已經不知道到底誰對誰錯了。看來有時錯的反而是對的，而對的又反而是錯的。

「這麼多醫生裡頭，能有一個醫生肯做殘忍的事、不對的事也是樁好事呀。」

井田苦笑著，跟著彈掉菸灰。

就在這時傳來一陣腳步聲，有人敲了門。

「請進！」

井田一出聲，門便被打開，護理長露出臉來。

「剛剛佐野久美子說她開始陣痛了。」

「子宮口呢？」

「開了五公分。」

「呃，那就得動手了。」

井田捻掉手上的菸，看了看手錶。

「先給她Ｏ．二ＣＣ的奎寧吧！然後把她送到分娩室去，我馬上就到。」

「拜託了！」

護理長看也不看幸坂，行了個禮之後便轉身離去。

幸坂的錶正好指著六點。此時窗外已經完全暗了下來，對面那棟病房大樓的燈則開始亮了起來。

「好，該去做壞事了！」

井田拍了下膝，隨即站起身來，見此情景，幸坂竟也跟著站了起來。

「你也要跟我去嗎？」

「……」

「你聽好，八個月大的胎兒很大了，有眼睛、鼻子、眉毛、四肢也都俱全。如果是男嬰，連小雞雞都有了。可是不管病人怎麼問，你都不能說，只要答說是血塊就好了。」

「好！」

「你就當它是死了的胎兒把它拖出來，可以嗎？」

「好！」

「那走吧！」

井田點點頭，關上門，和幸坂並肩快步從已夜了的走廊走向病房。

粉紅色的櫻子

一

「不！絕不可能會這樣。」

宮下俊夫一臉焦急地瞪著負責查案的警官。

「她昨晚在分手時確實說了『明天七點來接我』這句話。所以我今天早上即使睡遲快來不及上班了，還是特地繞路過來接她。」

「這麼說，你是在不知情的情況下到她家去的囉？」

「當然囉，我要是早知道會這樣，再怎麼慢郎中，也會早點去的呀！」

「她完全沒有想死的跡象嗎？」

「完全沒有。」

俊夫猛搖他那因激動而蒼白的臉。

事情發生在今天早上不到八點的時候。不！這種情況或許應該說是事情被發現的時候罷。

八點不到十五分時，俊夫到吉川櫻子住在阿佐谷的家去。因為怎麼按門邊的門鈴她都沒來應門，他於是用一直帶在身上的拷貝鑰匙開門。一進門便發現屋子裡盡是瓦斯味，而櫻子則仰躺在地板上，早就斷了氣了。

見狀，俊夫連忙告知管理員，管理員立刻打一一〇報案，警官隨即趕了過來。

當警方作現場採證時，他配合在場，之後更坐上巡邏車被帶到杉並警察局裡問明事情的原委。

他自然已經就這事打過電話回公司，說是上午要請假，但這會兒看來，就連下午也都去不成了也不一定。

負責作筆錄的有兩個警官，一個微胖、稍有點年紀，另一個則乾瘦，二十四、五歲左右。發問的大多是有點年紀的那一個，年輕的負責在筆錄上寫上問題及回答。

「呃！不過她的臉很好看哩！」

有點年紀的警官突然想起來似地喃喃說道。跟著從口袋裡掏出 hi-lite 菸，遞給俊夫說：

「來一根吧！」

「呃，不用，我身上有。」

說罷，俊夫從西裝口袋裡掏出 cherry 來。

過去俊夫從未讓警方作過筆錄，唯獨一次是在開車超速被捕的時候。當時是被超速偵測器給逮個正著，不問青紅皂白，就被迫在長達二十公里餘的筆錄上簽名。

從那時起，只要一看到警察，俊夫便覺得怒火中燒，但這會兒卻不能太任性。弄得不好，說不定會對自己的未來產生重大影響。

「她昨天晚上確實要求你明天來接她是吧？」

「是的。」

「會有人在作這樣的要求之後又自殺嗎？」

「這點我也覺得很奇怪。」

俊夫以為自己和往常一樣地用兩指夾菸，但事實上那菸卻正微微發顫著。

「你和吉川櫻子小姐是情侶吧？」

「呃！算是吧。」

俊夫將還很短的菸蒂彈到菸灰缸裡。

「你們差幾歲？」

「兩歲。」

櫻子二十六，俊夫二十八，正好大她兩歲。

「你們都在東洋商事上班吧？」

「是的。」

東洋商事位在有樂町，在商業公司圈中算是家大公司。俊夫在纖維一課，櫻子則是在總務課。

「你和她住得算近是吧？」

「我家在阿佐谷一丁目，她在三丁目。要到阿佐之谷車站的話，先繞到她家去是有點繞路，不過快的話不要十分鐘。」

「那昨天晚上你是不是和被害人在一起？」

「被害人？」

「呃！我是說吉川櫻子小姐。」

有點年紀的警官苦笑著改口說道。

「我們是下班之後碰面的。」

「然後去了哪兒了？」

「連這種事都要交代嗎？」

「你如果不說我們也沒轍，不過責任上我們就得這麼問。」

「我們先在有樂町吃飯，然後到新宿逛一逛，之後就回家了。」

俊夫訕訕地答道。

「回家時，沒有先到她家去嗎？」

「因為她開口問我要不要去，所以就……」

「她要你去接她就是那時候說的嗎？」

「我要走的時候說的。」

「你之前常常早上去接她是嗎？」

「剛開始的時候……」

「剛開始的時候指的是？」

「剛認識的時候，大概是兩年多前了。」

看著手上那根菸燒出的煙，俊夫答道。

「這麼說，最近不常去了？」

「雖然說住得近，可還是得繞點路，這一來就得損失五、六分鐘了。早上的五、六分鐘可是很不得了的。而且也犯不著像小學生一樣每天早上都去接，在公司想見就見得到呀！」

「那昨天晚上她這麼要求算是難得囉？」

「是呀！」

俊夫又急急地抽了口菸。

「當時你不覺得奇怪嗎？」

「可是她喝醉就常會這麼要求。」

「這麼說她喝醉了？」

「只是在新宿小酌了一下。」

「那你答應她要去接她是吧？」

「通常我是不會去的，可是她一直不放過……」

「不放過？」

「她一直要求我去。」

「因為她要求，所以你才想去的是嗎？」

「她甚至說，如果我不去她就要去死。」

「可是這不就怪了嗎？」

警官輕撫著他滲著薄髭的下巴。

「她跟你說你不去她就去死，可是在還沒見到你的人之前她就已經死了。鑑定報告是還沒有出來，不過推測死亡時間在今天早上六點到七點之間。」

「……」

「如果她已經說過希望你去接她，卻還去死，那就怪了。」

六月中旬的梅雨雲讓偵訊室很是悶熱。從俊夫右手邊的小窗子看出去，可以看到警局後院的樹叢和繡球花，但那兒的空氣似乎也凝結了。

俊夫從西裝口袋裡掏出手帕擦擦脖子上滲出的汗。

「她以前曾經自殺過嗎？」

「認識之前我不知道，不過她不是會做這種事的人。」

「沒有自殺的跡象？」

「完全沒有。」

俊夫再次用力搖搖頭。

「那該不會是喝醉酒 忘了關瓦斯吧？」

「酒是喝了，可是頂多也只是兩、三杯摻了水的威士忌，微醺而已，和平常應該沒什麼差吧。」

「你是幾點離開她家的？」

「我記得是十一點左右。」

稍作思考似地，俊夫盯著風已停歇了的窗外一會，這才說道。

「當時她沒什麼異樣吧？」

「沒有。」

聞言，上了年紀的警官點點頭，年輕的那個則繼續寫他的。俊夫輕皺了下眉，跟著點了根菸。

「不過瓦斯都沒關，而且屋裡也整理得整整齊齊的。」

「你們的意思是自殺嗎？」

俊夫怒沖沖地抬起臉來。

「倒不是說已經這麼斷定了，不過以現場的狀況看來，這樣的想法應該還算妥當吧。」

「可是她一直要求我明天早上一定要去接她的。再說，也沒留下隻字片語嘛！不是嗎？」

「人有時也會在沒有任何原因的情況下就想自殺吧？」

「這會兒可是死了一個人耶！再怎麼想自殺，沒有明確的理由，會這麼輕易就去死嗎？」

「年輕女孩的心理很難了解啦！」

「她並不那麼年輕，而且她又比別人更努力、更踏實。根本沒有理由死嘛！」

「那你的意思是死於意外囉？」

「這……」

俊夫一時語塞。

「或者是他殺。」

「什麼他殺……」

俊夫不覺提高了嗓門。

「自殺、他殺或是死於意外，就只有這三種嘛！」

這時，彷彿在彈琴鍵似地，警官在桌上用指頭敲了一陣，這才說道：

「你有她家的鑰匙吧？」

「那怎樣？」

「呃，我只是在想你怎麼會有。」

「是她給我的。她說只要我想去，隨時都可以去。」

「原來如此。」

「等一等！」

俊夫連忙以手勢制止。

「你們該不會是在懷疑我吧？」

「沒這回事。只是因為你是她最親近的人，這才問你這些問題。」

「我是絕對不會做這種事的。最主要的，我根本沒有理由殺她嘛！不是嗎？我為什麼非做這種事不可呢？」

上了年紀的警官叉著手盯著天花板，年輕的則依舊默默地寫著。

「開什麼玩笑嘛！別說傻話了！」

「我們根本什麼話都沒說呀！」

「我很熱，讓我一個人休息一下。」

俊夫鬆開領帶，捻熄香菸，看著風已靜止了的窗外。

二

待警官走出去，偵訊室裡只剩下俊夫一個人，他這才重新思索和吉川櫻子的事。

認識櫻子是在兩年前的四月。

當時是早上，正在阿佐之谷車站月台等電車時，俊夫主動向她搭訕的。之前俊夫就在公司裡見過櫻子好幾次了，但因為兩人不同課，所以從未直接交談過。

櫻子很瘦，感覺上有點好強，但五官十分端正，身材也不錯。小骨架當中予人一種穠纖合度的感覺。

櫻子從外表看來，由於過分地整潔，讓人感到難以親近，但一談起話來，卻是十分活潑。

俊夫立刻得知她畢業於S女子大學英文系，老家在埼玉縣，大學畢業之後便到現在的公司來上班，而且最近才剛搬到位在阿佐谷的公寓來。

「叫櫻子並沒有什麼特別的理由，聽我父母說只是因為吉川這個姓太平凡了，這才刻意取個花俏的名字。」

櫻子為自己的名字這麼解釋道。

「不過，你知道的，櫻花不就是一下子全開，然後一下子全凋零嗎？搞不好我就是這種死法咧！」

剛開始時，櫻子曾不經意地說過這句話，現在想起來，事情果然就是這樣發生了。一個二十六歲、未婚的女孩就這麼結束了一生，說起來的的確確就像是櫻花一樣。

儘管如此，櫻子這樣的死法卻教俊夫很感愧疚。說實在的，如果她真的是自殺，他覺得大半的原因都在自己身上。

俊夫和櫻子兩人發生關係，是在認識後一個月，也就是五月底時。地點在阿佐谷櫻子的家中。

發生關係之後俊夫才知道櫻子似乎還是個處女。

大學畢業、都二十四歲的人了，俊夫以為她應該有過一、兩次經驗才對，但事實似乎不然。人長得好看、身材又不錯，照說應該交過一、兩個男友才對，但似乎從未和人深交過。

也許是她給人的那種嚴謹、堅強的感覺讓男人敬而遠之罷。

不過，熟了之後才發現櫻子其實是個十足親切又賢慧的女人。俊夫偶爾在她家過夜時，早上一起來，她就會為他準備早點。而且還不是牛乳、麵包那種簡單的東西，她甚至還會做沙拉、味噌湯給他吃。

不知道在什麼時候，褲子、手帕也都替他燙得平平整整的。

不單是這樣，她還很有潔癖，見到俊夫穿著只是有點髒的褲子或襪子，便一定會強迫他脫下來洗。

總而言之是個很會照顧人的女人。

俊夫儘管不是那麼花心的人，但也並不特別專情。

在這之前他曾交往過四、五個女孩，不過這當中櫻子算是最漂亮、最溫柔的。

而且，一開始並不喜歡的性事也立刻學會懂得享受，有時甚至還會主動要求哩。

彷彿是原本封閉住的，因為認識了俊夫一下子全給解放了出來似的。

認識後的一年就這樣相安無事地過了。倘若照這樣下去，兩人或許就走進禮堂了也不一定。

但這會兒想來，也正是在認識滿一年時，俊夫開始對櫻子感到厭倦。

俊夫之所以未曾認真地考慮和櫻子結婚，是因為他還不想結婚。他雖已二十七歲，卻還想再多享受些單身時光。

可是只小俊夫兩歲，二十五歲的櫻子卻是婚齡將過。儘管相信俊夫對她的愛，但還是希望他至少能作出結婚的口頭承諾。

今年初時，櫻子正式提起這件事。

「可以的話，我希望你能把我介紹給你父母認識。」

櫻子這麼表現她的那分心思。

俊夫於是了解櫻子是希望自己能承諾娶她。她希望能藉著認識自己的父母，使得兩人成為公認的一對。

以女人的心理來說，這倒也是難怪，但不知為什麼，俊夫突然覺得很掃興。

這樣找藉口是很奇怪，不過他甚至認為她之前為自己所做的原來都是為了要結婚。

這麼冷卻過一次之後，從前討人喜歡的那些個地方這會兒反而都惹人嫌了。

有潔癖、整整齊齊、規規矩矩這一點看起來變成是好強、死板。一當發現，立刻幫自己料理的這一點則是強迫中獎、太過蠻橫。始終按捺、忍耐這一點看來則又是陰險、唱反調。

總而言之，俊夫是已經厭倦了。櫻子太過拚命愛俊夫似乎也是原因之一。

當時兩人的關係，可以說就是女方太愛男方，一直想緊抓住不放，男方卻感到喘不過氣來，以致於想要逃開。

於是，儘管俊夫沒有再交上新女友，但卻不再像從前那樣頻繁地到她家去了。

在此之前，星期六、日原本都是和櫻子一塊過的，這會兒星期六一下班人就走了，不再到她那兒去了。

有時喝醉酒，會神志不清地跑到她家去，但也只是立刻鼾聲大作地昏睡過去而已，根本沒有情侶間的那種氣氛。儘管如此，櫻子卻毫無半句怨言地替他脫衣服、蓋毯子、溫柔地侍候他睡，正是不折不扣的獻身態度。

櫻子始終是等在那兒的。她絕對不會走掉，始終等在那兒——就是這分安心感讓俊夫越來越任性。

自今年開始，俊夫在公司裡幾乎不再和櫻子說話了。

儘管兩人的交情在公司已是人盡皆知，但俊夫卻一副外人的態度。他身為男人，這麼做或許無所謂，可是女方就不一樣了。

都已經謠傳出兩人關係匪淺、結婚之日不遠了，這會兒卻遭對方如此冷淡對待，櫻子情何以堪？

於是下班、午休時，櫻子抓住機會屢次向俊夫抱怨。

「今天晚上下班去我那兒吧！」

也因為在別人面前，俊夫是點頭答應了，但卻總是爽約。

不！應該說當時是想去，可只要一想到她又在昏暗的屋裡邊燒晚飯邊等自己時，他便不由自主地覺得沒了氣力。

總覺得真要去了，便會讓她逮個正著，再也逃不了了。

不過，雖然是如此冷淡對待，俊夫卻並非徹底討厭櫻子這個人。只要看他喝醉時或是一個人寂寞時還是會主動去找她便足以證明了。

儘管她陰沉、討厭、黏人，但俊夫深知只有她始終等在那兒。

俊夫的父親是大學教授，從小俊夫就過得無憂無慮，也因此個性上有點懦弱。對女人膩了，卻沒辦法冷酷地甩掉她。再說，櫻子乖巧卻好強的地方也還吸引著他。

他之所以會對她冷淡，說起來也有點像是小孩對媽媽無盡關愛的一種撒嬌罷。

而儘管遭到諸般冷淡對待，櫻子卻仍忍受俊夫的任性，搞不好就是因為看穿了俊夫這一點也不一定。

然而自今年五月俊夫大聲斥罵櫻子以來，兩人的關係完全冷淡了下來。

事情是在一場偶然的吵架最後，俊夫順口說出了一句話才導致的。他說：

「我對妳這種老太婆已經膩了！」

櫻子平日雖然堅強，但似乎也受不了這種話。只見她的臉在一瞬間轉為慘白，跟著兩手遮臉，哭了出來。

俊夫雖想立刻道歉，可是一看到她雙肩顫抖、直哭個不停的模樣，總覺得她是在誇大演出，於是一句話不吭便轉身離去。

他心裡儘管過意不去，可終究還是沒法在口頭上立刻道歉。

這之後整整一個月，不管是在公司或是車站遇見了，櫻子什麼話都沒說，就只像面對陌生人一樣面無表情地錯身而過。

俊夫儘管有十足道歉的誠意，但對方既然表現得這麼強硬，他也不想低聲下氣地主動求和。

漸漸地，對老是這麼強硬的櫻子愈來愈感到厭惡，總覺得她畢竟還是一個霸道、陰險的人。

昨晚正是在持續一個月這樣的冷戰之後的初次約會。

是櫻子主動要求見面的。

俊夫倒還覺得愉快，心想她終於還是屈服了。

說是剩了些零用錢，櫻子邀俊夫到有樂町的H大樓十二樓的餐廳去吃飯。

吃過飯，兩人又上新宿曾一道去過多次的一家酒吧去。

在那兒待了一個鐘頭左右，這才回到櫻子在阿佐谷的家。

銀座、新宿、阿佐谷，兩人的約會行程一如過去感情好時，但櫻子卻始終不多說話，顯得有些客氣。

在酒吧裡也一樣，只見她陷入沉思似的，一個勁兒地盯著玻璃杯，時而依戀不捨地看著俊夫。

問她有什麼事，她也只是輕輕搖頭，一句話也沒說。

雖說已經好久不見了，但俊夫也不怎麼說話，倒是想要櫻子那纖細卻緊實的身體。

也許是因為一個月不見罷，從她那看起來乾乾淨淨的襯衫裡露出的胸口以及那之下的膨脹部分都令人感到新鮮。

「到妳家去吧！」

俊夫一說，櫻子便順從地點點頭。

進屋子一看，這才發現被子不知為了什麼緣故早就鋪好了。一絲不苟的櫻子每次早上必定會把被子收起來，這會兒卻難得一見地還鋪在地板上。

剎時俊夫覺得很奇怪，但也沒多問，立刻就抱住了櫻子。

櫻子並沒有抗拒。當然，以前也不曾抗拒過，說來倒不是什麼奇事，但明顯地這會兒是一味地順從，不管俊夫做了什麼。

平時她是很討厭被他盯著看全裸的身子的，但現在卻無所謂了，只見她一副任你發落、豁出去的態度。

不過，做到一半櫻子便進入了高潮。那一剎那，她的指甲深深地嵌進俊夫的背，她且低聲啜泣了起來。

結束之後，櫻子仍舊閉著眼睛，肩頭則還微微抖動著。

洩了慾，俊夫突然清醒了過來。

看到還自顧自沉浸在性事餘韻中的櫻子，俊夫覺得很煩人，想要一走了之。可這才略微動了身子，櫻子便微微睜開了眼睛。

「要回去啦？」

「嗯！」

說實在的，慾望既已發洩，再待下去也沒什麼意思。這之後若是再被她逼問不見面的原因，那可就吃不消了，俊夫於是站起身來。

「一定要回去嗎？」

他不答腔，只是自顧自穿起內衣褲來。

櫻子慢吞吞地爬了起來，穿上花圖案的睡衣，坐在梳妝台前梳頭。

「噯！有件事要拜託你。」

「什麼事？」

邊穿著褲子，俊夫邊不耐煩地問道。只見做過愛後一臉通紅的櫻子輕咬著唇，跟著垂下眼說道：

「明天早上來接我！」

「開什麼玩笑嘛！」

俊夫立刻搖頭拒絕。剛開始談戀愛時還沒話說，都已經過了兩年了，這會兒還搞什麼接送呀？

「耍賴也要適可而止吧？」

「人家不是在耍賴嘛！」

突然間，櫻子回過頭，兩手平放在膝上，直盯著俊夫。

「幹麼？那麼恐怖的表情。」

「拜託嘛！明天早上來接我！」

「又不是小孩子，一個人也起得來吧？」

「拜託！」

這回櫻子雙手合十，深深地低下頭。散著頭髮的髮際在日光燈下顯得很蒼白。

見此情景，俊夫又焦躁了起來。難得見一次面，這才對她溫柔些罷了，不想她又趁勢耍賴，女人就是這樣才討人厭。

咋咋舌，俊夫又往門那頭走去。

「俊夫！拜託！」

剎那間讓櫻子抓住了右腳的俊夫腳步一下子踉蹌了起來。

「喂！放開啦！」

俊夫想抽腿，但櫻子的手卻像黏住了似地絲毫不鬆開。剎那間俊夫感到一陣好似被蛇纏住了的恐怖襲來。

「我說放開！放開！」

俊夫又想抽腿，但櫻子卻纏得更緊。而且這回還靠在自己的臉上磨擦。

「你明天早上八點以前要是沒來，我就死給你看！」

「胡說些什麼呀？」

俊夫低頭俯看腳下已然「潰不成形」的櫻子。

「你要不來，我就死給你看！」

「妳在威脅我嗎？」

「明天早上七點半，你一定要來！」

「好啦！我會來啦！妳先放開！」

俊夫一心只想逃開，只得先答應了再說。

「你真的、真的會來嗎？」

櫻子仰頭說道。只見她一頭亂髮，唯獨兩眼射出異樣光芒，彷彿發狂一般。

「我一定來！」

俊夫再度被迫起誓，腳下這才應聲鬆開。

可在走出屋子之前，櫻子又說道：

「吻我！」

擔心要是拒絕了她，又會胡鬧起來，俊夫於是乖乖聽話。

櫻子整個身子靠過來，兩片唇跟著湊了上來，她伸出舌頭糾纏他的，吻得既大膽又深長。

俊夫覺得快窒息了，於是挪開身子，不想櫻子卻說：「謝謝！」眼裡微滲著淚水。

「那我明天再來。」

見櫻子突然變得這麼難過，俊夫稍顯溫柔地說道。

「我等你！七點半喔！」

說罷，櫻子微微一笑。

這就是最後一次俊夫見到還活著的櫻子。

隔天早上，也就是今天早上，俊夫醒來時已經七點了。待洗過臉、打完領帶，都七點半了。

他原本是直接趕往車站的，在途中臨時改變主意，決定先到櫻子家去。

雖說心裡覺得已經不必這樣接送了，但還是掛意她昨晚的那句「你要不來，我就死給你看」。

七點四十五分，俊夫趕到櫻子住的「曙莊」。距約定的時間已過了十五分。

這是幢兩層樓的灰泥建築，每戶各有一扇門出入，亦即所謂的租賃式住宅。

櫻子住在二樓最裡頭。

站在門口，俊夫按了門邊的門鈴。

裡頭傳出門鈴的響聲，但卻不見她出來應門。邊想著她可能是怕趕不及上班先走一步了，俊夫邊用手敲門，嘴裡還喊著：「喂！」

但還是不見她應門。俊夫心想放棄轉身想走了，但又為了慎重起見，從門中央的信箱孔窺探了下屋內。

就在這時，他嗅到瓦斯那異常的味道。

俊夫於是又按了一次門鈴，同時還敲了門。

裡頭依舊沒有回應。他突然有種不祥的感覺，於是掏出口袋裡櫻子的大門鑰匙將門打開。

櫻子的屋子一進去便是個附流理台、約三張榻榻米大的餐廳，裡頭則以玻璃門為界，有個約六張榻榻米大的榻榻米房間。

只見櫻子人就仰睡在房內靠左邊的底被上，頭朝窗子那頭。

平日都放在流理台旁的瓦斯爐這會兒卻拉長了線，給搬到裡頭的房間，瓦斯開關也全給打開了。

俊夫一開始按門鈴時，之所以沒察覺出瓦斯的味道，就是因為這當中還隔了一段瓦斯管的距離，而且玻璃門也被關上了，餐廳這邊瓦斯的濃度比較稀薄的緣故。

一發現時，櫻子的臉簡直美得出奇。

她的臉微泛著顏色，的的確確正是粉紅色。

眼睛輕輕地閉著，形狀美好的鼻子朝上挺直。雙唇則彷彿等著接吻似地微微張開，唇色鮮紅，好似塗了血。

在此之前，俊夫從未見過這般美麗的櫻子。

事實上，這並不是俊夫自己的錯覺。就連聞風趕至的管理員、四周的鄰居以及警官們也都同樣驚豔。

「長得這麼漂亮，為什麼非得尋死不可呢……」

對管理員的妻子的這句話眾人皆表贊同。

儘管如此，儘管一臉彷彿正微微發熱著的粉紅，櫻子卻已是叫喊不回了。

趕來的警官打開她睡衣領口，想要作人工呼吸。只見她那微微隆起直通乳房的部位也同樣是一片粉紅。

看著救護車趕來，櫻子被抬上擔架，俊夫終於放聲哭了起來。

這麼美的女人，自己怎麼會忍心那麼冷淡相待呢？就算是已經膩了，為什麼不能再溫柔一點、再親切一點呢？原本應該是喜歡她的，為什麼會那樣冷淡地拒她於千里之外呢？

這麼溫柔、奉獻型的女人從此就消失了，不是嗎？

「我真是個笨蛋！」

俊夫在偵訊室裡邊走來走去，邊敲自己的頭說道。

她到底是自殺的，還是死於意外？她既然會那樣強烈要求自己要去接她，怎麼又會在那之前自殺呢？回去之前，兩人又接了吻，雖說只是一會兒工夫，但感情不是正在恢復嗎？

才剛要恢復，怎麼可能去自殺呢？不！應該說根本沒有理由自殺嘛！

她肯定是死於意外。

大概是因為兩人的感情要恢復了，她太高興了，也許後來燒了開水，又乘興喝了威士忌什麼的，一喝醉就忘了關瓦斯了。

那樣美麗的淡粉紅的臉色，不就是威士忌的效果嗎？而那兩片血一般的鮮紅嘴唇，不也是威士忌的作用嗎？

雖說是死於意外，但那幾個警察似乎認定是我半夜潛進她家裡打開瓦斯開關的。開什麼玩笑嘛？我的不在場證明可是很清楚哩。我昨晚可是乖乖回家睡了覺的。真覺得有蹊蹺的話，大可以採瓦斯開關上的指紋呀。我可以向天地神明發誓，我絕對是清白的。總歸一句話，我既然都會這麼傷心了，怎麼有可能會去殺那麼美的櫻子嘛。

就在俊夫想到這兒時，房門被打開來。

三

走進來的，除了方才那個年長的警官之外，還有一個戴眼鏡的瘦男子。這個男人右手上還拿著一本大學生用的筆記本。

兩人一進來就筆直地站在俊夫面前。年長的警官緩緩地點了個頭，這才說道：

「你可以回去了。」

俊夫不解其意，問道：

「偵訊結束了嗎？」

「我們已經了解事情的始末了。」

「了解了什麼呢?」

「我們初步斷定她是自殺死的。」

「為什麼?」

俊夫往前走了一步。

「她好像是早就計畫要自殺了。」

「怎麼會……」

「等一等!」

年長的警官以手勢制止,跟著從戴眼鏡的男子那兒接過筆記本交給俊夫。

「這兒,夾著紙的地方寫了這件事。」

接過筆記本,俊夫看到封面上櫻子用她那獨特的一板一眼的楷書寫了「日記・吉川櫻子」幾個字。

「我們搜了書櫃,發現了這個東西。」

俊夫於是打開夾了紙的那一頁。

六月四日,她署的正是今天。

再也沒有牽掛了。這之後，我只要靜靜地睡就行了。

只有一件事，不知道俊夫明天早上真的會來接我嗎？我那樣拜託他，他應該會來吧！

俊夫！你一定要來！我要你第一個目睹我的遺容。

上帝呀！請祢一定要讓他來接我、發現我！

現在是凌晨兩點。

我只聽到瓦斯從瓦斯管裡流洩出來的聲音。

這樣睡下去，清晨六點到七點之間，我的呼吸應該就會完全停止吧！

我體內的血液充滿一氧化碳、全身肌膚泛粉紅色，就只有從死亡那一剎那開始的一個鐘頭了。

一個鐘頭過後，我的身體會慢慢變黑，然後開始出現屍斑。

俊夫，你一定要在我還泛著粉紅色、沉睡的這最美的時候來看我！

這是我送給你的最後的一件禮物。

你可不能過門不入，先到公司去，之後才趕過來。如果你遲來，那就不要看我了。

你一定要照我們的約定，七點半來！

請不要忘掉我泛著粉紅色的遺容！

求求祢！上帝，請祢一定要讓俊夫七點半到這兒來！請祢一定要讓他到這兒來，目睹我最美的一刻。

上帝啊！請祢務必要答應我這不幸的人唯一的請求！

「這樣你了解了嗎？」

年長的警官輕聲嘆道。

「這是她的筆跡沒錯吧？」

盯著筆記本，俊夫點了點頭。

就在眼前的窗外，大約是起風了罷，只見烏雲下的繡球花微微地搖晃。

「看來她是想讓你見到她死後最美的一刻吧！」

警官說罷，從俊夫手上接過筆記本，補了句：「回去休息吧！」跟著站在門口，替俊夫將門打開。

國家圖書館出版品預行編目資料

往巴黎的最後班機／渡邊淳一作：劉惠禎譯．
--初版．--臺北市：麥田出版：城邦文化
發行，1999〔民88〕
面；　公分．--（渡邊淳一作品集；6）

ISBN 957-708-841-4（平裝）

861.57　　88008011

麥田出版

廣	告	回	郵
北區郵政管理局登記證			
北台字第 10158 號			
免	貼	郵	票

城邦文化事業(股)公司

100 台北市信義路二段213號11樓

請沿虛線摺下裝訂，謝謝！

麥田出版

文學·歷史·人文·軍事·生活

編號：RN1306　書名：往巴黎的最後班機

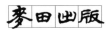

cité 城邦

讀者回函卡

謝謝您購買我們出版的書。請將讀者回函卡填好寄回，我們將不定期寄上城邦集團最新的出版資訊。

姓名：＿＿＿＿＿＿＿＿＿＿ 電子信箱：＿＿＿＿＿＿＿＿

聯絡地址：□□□ ＿＿＿＿＿＿＿＿＿＿＿＿＿＿＿＿

＿＿＿＿＿＿＿＿＿＿＿＿＿＿＿＿＿＿＿＿＿＿＿＿

電話：(公) ＿＿＿＿＿＿＿＿ (宅) ＿＿＿＿＿＿＿＿

身分證字號：＿＿＿＿＿＿＿＿＿＿ (此即您的讀者編號)

生日：＿＿年＿＿月＿＿日 性別：□ 男 □ 女

職業：□ 軍警 □公教 □ 學生 □ 傳播業

□ 製造業 □ 金融業 □ 資訊業 □ 銷售業

□ 其他 ＿＿＿＿＿＿

教育程度：□ 碩士及以上 □大學 □專科 □ 高中

□ 國中及以下

購買方式：□ 書店 □ 郵購 □ 其他 ＿＿＿＿＿＿

喜歡閱讀的種類：□ 文學 □ 商業 □ 軍事 □ 歷史

□ 旅遊 □ 藝術 □ 科學 □ 推理 □ 傳記

□ 生活、勵志 □ 教育、心理

□ 其他 ＿＿＿＿＿＿

您從何處得知本書的消息？（可複選）

□ 書店 □ 報章雜誌 □ 廣播 □ 電視

□ 書訊 □ 親友 □ 其他 ＿＿＿＿＿＿

本書優點：□ 內容符合期待 □ 文筆流暢 □ 具實用性

（可複選）□ 版面、圖片、字體安排適當 □ 其他 ＿＿＿＿

本書缺點：□ 內容不符合期待 □ 文筆欠佳 □ 內容平平

(可複選) □ 觀念保守 □ 版面、圖片、字體安排不易閱讀

□ 價格偏高 □ 其他 ＿＿＿＿＿

您對我們的建議：

＿＿＿＿＿＿＿＿＿＿＿＿＿＿＿＿＿＿＿＿＿＿＿＿

cité 城邦 **讀者回函卡** 9XY1R

立即回覆！
免費贈送
1. 口袋版「百科全書」
2. 三期「城邦閱讀」書訊

城邦出版集團感謝你的購書，現在，你只需填妥回函立即傳真或郵寄回覆，就可免費獲得城邦出版集團精心準備的贈禮和獎品！（1999年12月31日前回覆有效）

1.免費參加　「口袋版百科全書」抽獎(價值700元)
每月抽出10名，抽獎日期：每月15日

2.免費贈送　免費贈送三期「城邦閱讀」書訊，並可不定期收到城邦各項新書資訊及特惠情報。

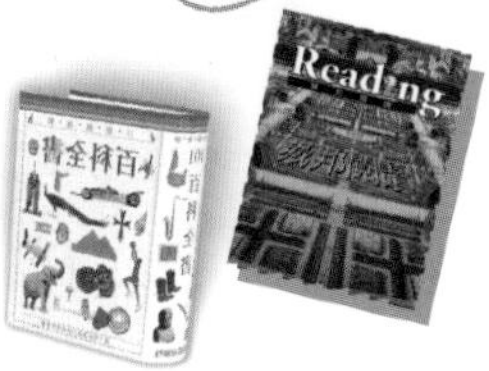

購書資料

購買書名：________________

購買地點：□書店 □郵購 □其它：

閱讀喜好：□文學 □商業 □軍事 □歷史 □旅遊 □藝術 □科學 □推理 □百科 □星座
□食譜 □傳記 □其他 ________

我要加入「書蟲俱樂部」□請勾選

會員別：□蝴蝶會員，年費600元
□蜜蜂會員，年費360元

□ 我暫時不加入「書蟲俱樂部」，但可免費獲贈三期「城邦閱讀」書訊

讀者資料(請填寫清楚以便寄贈書訊)

姓名：________________ 生日：____年____月____日

身份證號：□□□□□□□□□□ 性別：□男 □女

地址：□□□ ________________

電話：（宅）________ （公）________

職業：□民營企業上班族 □軍警公教 □自由業 □農林漁牧 □學生 □家管 □其它

學歷：□碩士及以上 □大學 □專科 □高中 □國中及以下

「書蟲俱樂部」入會辦法：

1. 填妥讀者回函卡，放大後傳真或郵寄即可。
2. 會員類別：蝴蝶會員，年費600元；一年內可免費挑選6本會員選書。
蜜蜂會員，年費360元；一年內可免費挑選3本會員選書。

傳真：(02)2391-9882　電話：(02)2397-9853~4

Reading

免費